Kop in de wind

Wilfried de Jong

Kop in de wind

Uitgeverij Podium
Amsterdam

Omslagontwerp Studio Ron van Roon
Foto omslag Stephan Vanfleteren
Typografie Sander Pinkse Boekproductie

ISBN 978 90 5759 520 2

Verspreiding voor België: Elkedag Boeken, Antwerpen

www.uitgeverijpodium.nl
www.wilfrieddejong.nl

Strawberry Banana Flavour
with extra sodium
the key electrolyte
to compensate sweat loss
fast energy delivery

Suggested usage
one pouch
every 20–45 minutes
during exercise
with 400 ml water

Inhoud

Mona Lisa

De soldaat had een karabijn in de aanslag. Hij keek over me heen, naar de bergtop. De punt van de bajonet stond schuin naar voren gericht, klaar om in de borst van een Duitser te prikken. Doorstoten tot je de ribben hoorde breken.

Mort pour la patrie.

Ik fietste in traag tempo en kon daardoor lang naar het stenen beeld kijken. Hoeveel oorlogsmonumenten waren er in Frankrijk? Overal zag je standbeelden van jongens met stoere gezichten onder hun helmen. Nooit eens een huiverige blik in de ogen of een urineplek in de vechtbroek.

Het was laat in de middag. Anderhalf uur geleden had ik mijn hete hoofd ondergedompeld in een betonnen waterbak bij een openbare kraan. Alsof je een gloeiende pan onder een koude straal houdt, zo groot was het temperatuurverschil geweest. Proestend was ik weer bovengekomen.

Van dat sprankelende gevoel was niets meer over. Het was benauwd. Mijn hoge hartslag bonkte in mijn slapen.

Pas toen ik op de pedalen ging staan, verdween de soldaat langzaam uit beeld. Ik vroeg me af of de remblokjes van het achterwiel aanliepen. Onzin. Het was gewoon steil. Ik keek naar rechts. De weg die ik gereden had slingerde door het dal als een zwarte slang in het groen. Een slok uit mijn bidon. Het ging hard met het vocht vandaag.

In de berm schuurden krekels hun vleugels over elkaar. Het geluid dat ze maakten klonk als een noodsignaal; de berg stond op het punt oververhit te raken.

De Fransen in deze streek zochten in de zomer een paar weken verkoeling aan de Côte d'Azur, 150 kilometer verderop. Zelfs de waakhonden van de spaarzame woningen langs mijn route lagen versuft op het erf.

Ik reed over gekalkte letters die deels waren weggewassen door regenwater. Ze stonden omgekeerd op het wegdek. Ik kon er geen naam van maken. Was de Tour de France hier gepasseerd? Ik kon het me niet herinneren.

Een verkeerspaaltje gaf aan op welke hoogte ik inmiddels zat: 825 meter. Nog een flink stuk verwijderd van Col de l'Homme Mort, een berg van de eerste categorie.

Ik slurpte het bodempje water uit mijn bidon. Leeg. Stom dat ik niet een tweede houder op mijn frame had gemonteerd.

Voor me bleef het asfalt oplopen. Ik kon geen moment bijkomen. Doorfietsen. Twintig meter verder stond in de berm een houten bordje geplant. Het had de vorm van een pijl. MONA LISA 500 M, was erop geschilderd.

Mona Lisa. Gekke naam in dit Provençaalse landschap. Marie verwachtte je. Christine. Of Jeanne-Marie, als je gewichtig wilde doen met je voornaam. Mona Lisa. Zo'n bordje hoorde in Parijs in het Louvre te staan, zodat je de snelste weg kon nemen naar het schilderij van Leonardo da Vinci.

Ik reed het bordje voorbij. Waar kon ik me nu op richten?

De laatste teug uit de bidon had niet geholpen tegen de dorst. Mijn tong lag droog in mijn wijd opengesperde mond.

In de verte stond eenzelfde pijl. Ik praatte op mezelf in. Als ik de pijl haalde, zou ik zonder afstappen bovenkomen.

Net als op het vorige bord was elke letter van de naam in een andere kleur geschilderd. De a kwam als enige letter twee keer voor. Het deed me denken aan de waterverf van vroeger op de lagere school. Meer water dan verf.

MONA LISA 100 M.

Het pijltje zou me de weg wijzen naar een kraan. Mona Lisa; het kon een garage zijn, een zaak in schilderijlijsten, een bedrijfje in truffelolie. Het maakte me niet uit, als er maar koud water uit de kraan kwam. Col de l'Homme Mort kon me gestolen worden.

Het pijltje werd een pijl. MONA LISA, stond er weer op, de letters nu twee keer zo groot als op het vorige bordje. Met als extra aanduiding: LAVANDE. De pijl wees schuin naar beneden, om duidelijk te maken dat je van de stijgende asfaltweg af moest.

Een onverhard pad leidde naar beneden. Ik stapte af. Met kleine passen en aangetrokken remmen liep ik naast mijn fiets. De blokjes onder mijn wielerschoenen maakten het naar beneden lopen verraderlijk.

Aan het einde van het pad doemde een oud stenen huisje op. De pannen op het schuine dak waren overwoekerd door klimop. De deur was half afgeschuurd en stond op een kier.

'*Bonjour*,' zei ik.

Het bleef stil. Alleen de krekels gingen onverstoorbaar door met hun eentonige geluid.

'*Allo?*' riep ik, op weifelende toon, om aan te geven dat ik niets kwaads in de zin had.

Er gebeurde niets.

Voor het huis stond een kromgetrokken houten tafel. Tussen bosjes lavendel lag een stuk karton met een handgeschreven mededeling: *Retour dans quinze minutes.*

Ik zette mijn fiets tegen een boom en trok de lege bidon uit de houder. Hoelang geleden waren die drie woorden opgeschreven? Misschien kwam de eigenaar van het huis al binnen een paar minuten aangewandeld.

Ik keek op mijn horloge. Het was zes uur. Als ik omkeerde en afdaalde naar mijn hotel, zou ik anderhalf uur later onder de douche staan en zat ik voor het diner nog met een biertje op het terras. Maar goed, ik had mezelf vandaag een doel gesteld: de top bereiken van l'Homme Mort.

Ik liep om het huis heen en zocht naar een tappunt voor water. De azuurblauwe luiken voor de ramen waren dicht. Tegen de buitenmuur stonden keurig bijgehouden bakken met bloeiende tijm en lavendel. Nergens een kraan. Ik deed mijn helm af en hing hem aan het stuur.

Voor de deur hingen plastic slierten die moesten verhinderen dat er ongedierte naar binnen vloog.

Langzaam duwde ik met mijn hoofd de slierten opzij.

'Allo... bonjour?'

Mijn ogen moesten wennen aan het donker. Het rook weeïg. Naar vochtig beddengoed.

Ik deed een paar passen naar binnen. Het huis bestond uit één ruimte. In de hoek stond een eenpersoonsbed met een rommelig laken erop. In het midden van de ruimte zag ik een ronde metalen terrastafel, met twee plastic stoelen. Tegen een muur was een formica keukenblok geplaatst.

Met een kraan, gelukkig.

Ik ontwaarde steeds meer details. Aan de linkermuur hing een oude schoolkaart van Frankrijk. Met potlood waren er routes op getekend. Naast de kaart hingen eenvoudige schilderijen van bergtoppen, soms bedolven onder een laag sneeuw, soms in de zon.

De muur achter het bed was van boven tot onder gevuld met foto's van wielrenners. Terwijl mijn knieën op het matras steunden, keek ik wie het waren. De foto's waren haastig geknipt en gescheurd uit tijdschriften. Ik herkende het logo van *Paris Match*. Op de frames van de fietsen en de bezwete gezichten zag je de reflectie van de zon. Het blauw van de luchten was het blauw uit mijn jeugd: helder, stralend.

De wand was een ode aan beroemde klimmers. Ik herkende de koppen op de meeste foto's: Bahamontes, Indurain, Bartali, Pingeon, Hinault, Simpson, Coppi, Zoetemelk, Pantani, Armstrong, Fuente, Herrera. Her en der waren er krantenkoppen overheen geplakt uit de Franse sportkrant *L'Équipe*.

De eigenaar van het huisje moest een volslagen wielerfanaat zijn.

Ik deed een paar passen richting de keuken. Tegen het gootsteenkastje stond een achterwiel met een lekke band. Onder het aanrecht lag een kluwen zwarte binnenbanden. Als levenloze palingen kronkelden ze om elkaar heen. Ik boog voorover om te kijken wat voor ventiel eraan zat.

'*Bonjour, monsieur!*'

De begroeting klonk schel. Ik draaide me om. In de deuropening stond een grote vrouw. De plastic slierten hingen als dreadlocks om haar hoofd. Ze deed een paar stappen naar voren en zwierde vervolgens handig om het tafeltje en de stoelen heen.

Pas nu kon ik haar gezicht zien. Een ovaal hoofd, veel rimpels boven haar wenkbrauwen, lang rood haar dat door een grijze scheiding in twee gordijnen langs haar slapen viel.

'*Je suis Lisa.*'

Ze lachte een tikje overdreven.

Ik schudde haar de hand en wilde me verontschuldigen voor het feit dat ik haar huis was binnengestapt. Maar ze nam zelf meteen het woord.

'Wat is het? Een lekke band, een kapotte derailleur? Of moet u een tangetje hebben voor het stellen van uw rem? Zeg het maar.'

Ik hield mijn bidon omhoog.

'Hij is leeg.'

De vrouw pakte hem uit mijn hand, liep naar de kraan en vulde het ding tot aan de rand met water. Daarna zette ze de bidon op het terrastafeltje midden in de kamer.

'*Allez*, kom zitten, dan geef ik je wat beters te drinken. Water is voor planten.'

Ze trok een gordijntje weg voor een open kast, pakte een karaf met rood sap en zette die, samen met twee glazen, op tafel.

'Bosbessensap, goed voor je darmkanaal.'

Ik ging zitten. Ik had het idee dat ik niet anders kon, niets anders mocht in deze ruimte, waar deze vrouw de baas was.

Zonder iets te zeggen dronken we het sap. Over mijn glas heen keek ik naar haar. Een rozige huid, veel sproeten in haar gezicht, blote schouders en stevige armen. Ze had een frisse blik in haar ogen. Maar haar stijve motoriek en rimpelige huid verraadden dat ze een jaar of zestig moest zijn.

'Waar moet je heen?'

'Ik logeer in de buurt van Sault.'

Ze sloeg haar hoofd achterover om de laatste druppels sap uit haar glas te krijgen. Het bovenste knoopje van haar bloemetjesjurk stond open; ze had geen borsten, ze had een boezem.

'Wat heb je voor verzet?'

'50 en 34 voor, 13 tot 26 achter.'

Ze keek onder het tafeltje door naar mijn blote benen, toen naar mijn bovenlijf, daarna naar mijn gezicht.

'Ik kan je zo niet laten gaan. Dat haal je nooit.'

De vrouw liep naar de keuken, deed een kastje open en trok er een pan uit. Ze vulde die met water en zette hem op het fornuis. Met een lucifer ontstak ze het vuur.

'Mooie collectie. Van u?' Ik wees naar de foto's.

Ze keek naar de muur terwijl ze met de gedoofde lucifer achter haar snijtand pookte.

'Ik ken al die mannen als mijn broekzak. Ik weet alles van ze: de belangrijke uitslagen, de grootte van hun frame, hun hartslag bij rust en inspanning, hun gewoonten, hun stamboom, hun lief en leed.'

De vrouw stak de achterkant van de lucifer in het spleetje tussen haar voortanden. Ze bewoog hem snel heen en weer en bekeek daarna haar buit. Ze gooide de lucifer in een asbak en kwam weer zitten.

Na een slok sap stond ik op en liep naar de wielerfoto's. Ik wilde haar kennis testen. Was deze Lisa een fantast of wist ze echt iets van wielrennen?

'Miguel Indurain. Toch?'

Ze keek schuin omhoog naar een foto die ik aanwees. 'Ach ja. Miguel. Die lange van Pamplona. Vijf keer achter elkaar de Tour de France gewonnen. Zoals hij in 1990 in de klim naar Luz Ardiden op het einde wegreed van wereldkampioen LeMond. Zo mooi. Handen losjes op het stuur, zwaar verzet. Als ik dat knikje zag in Miguels nek, dan wist ik: hij heeft een goede dag.'

Ze liep weer naar het fornuis.

De test had ze goed doorstaan. Ik herinnerde me die bergetappe. Indurain op zijn sterkst.

Lisa scheurde een pak spaghetti open en gooide de inhoud in de pan met kokend water.

'Even wat koolhydraten naar binnen, goed voor je motortje.'

Ik durfde geen nee te zeggen. Bovendien had ze gelijk: ik had een lege maag. Kon ze dat aan me zien?

'Ik wilde hier alleen maar mijn bidon vullen en dan weer door.'

'Leer mij de wielrenner kennen,' zei ze.

Ze bleef met haar rug naar me toe staan. De trage beweging van haar achterwerk maakte duidelijk dat ze in de pan roerde.

Ik liep naar buiten. De zon stond al behoorlijk laag, desondanks bleef het warm. Mijn fiets stond nog tegen de boom. Ik drukte op mijn stuurcomputertje. Distance: 41,7 kilometer. Zo ver was ik verwijderd van mijn hotel. Als ik hier bleef eten werd het laat. En dan moest ik nog naar de top van l'Homme Mort.

'*Fertig!*' riep ze.

Ik liep naar binnen.

In het huis hing de walm van net afgegoten pasta. Op het aanrecht kieperde de vrouw de spaghetti op twee borden en ze goot er een rode saus uit een potje overheen. Ze roerde het geheel met een handige beweging door elkaar en zette de borden op tafel.

'Eten,' zei ze, in de gebiedende wijs.

Ze pakte een paar glazen en een aangebroken fles rode wijn. Ze schonk in en maakte aanstalten om te toosten.

'Op alle wielrenners van de hele wereld,' zei ze.

We aten en dronken in stilte. Mijn maag knorde nog bij de eerste happen.

Toen haar bord leeg was begon ze te vertellen.

'Mijn man was wielrenner. Jean Hochon. Je zult hem niet gekend hebben. Hij was een matige renner in de regio hier. Hij reed nooit een prijs. Moest overdag gewoon werken in het slachthuis. Kon alleen 's ochtends heel vroeg een rondje trainen. Dan wordt het nooit wat.'

Ze bracht de borden naar de keuken. De spaghetti lag zwaar op mijn maag, maar ik voelde de energie toenemen. Ja, ik moest mijn bidon pakken en weer gaan fietsen. Ik stond op. Lisa kwam dicht bij me staan.

'Ga eens op bed liggen.'

Ze klonk beslist.

'Eh, ik wilde u eigenlijk iets betalen voor het lekkere eten en...'

'Ga nou maar liggen. Lisa maakt haar werk af.'

Goed, ik had brutaal haar woning betreden en rondgeneusd.

Niet netjes, maar ik had geen enkele verplichting om nog langer te blijven.

Lisa bleef naar het bed wijzen. 'Ik weet hoe zwaar l'Homme Mort is,' zei ze.

Het was die vastberaden, dwingende blik in het ovale gezicht waar ik voor zwichtte. Wat kon me gebeuren als ik op bed ging liggen? Ging ze voor me bidden? De streek was katholiekgezind.

Uit beleefdheid deed ik mijn wielerschoenen uit. Ik zette ze naast het bed en ging langzaam op mijn rug liggen. Er zat spinrag aan de sponning van het raam.

Het bed voelde klam aan. Er was vaker op de lakens gelegen. Ze roken naar mannen. Zwetende mannen.

'Waar is uw echtgenoot, als ik vragen mag? Fietst hij nog steeds?'

Ze liep naar het aanrecht en haalde een spuitbus achter een paar pannen vandaan. Ze schudde er wild mee.

'Jean is dood. Al twintig jaar. Hij kreeg een infectie op de slachterij. Hij had een wondje opgelopen tijdens het uitbenen. Zijn arm werd hard en blauw. Ze hebben hem met hoge koorts opgenomen in het ziekenhuis van Carpentras. Drie dagen later was hij dood. Een zware bloedvergiftiging, zeiden ze.'

Ze ging naast me op bed zitten en trok mijn witte sokjes uit. Ik schaamde me voor mijn zwarte teennagels, maar Lisa leek ze niet te zien.

'Mijn man was misschien niet zo'n heel goede wielrenner,' zei Mona Lisa met een dromerige blik in haar ogen, 'maar hij bezat de mooiste benen van de streek. Hij was er zelf ook trots op. Ik schoor ze om de dag. Gewoon nog met het kappersmes en een warm scheerpapje. Dat lekkere geluid van het lichte krassen over zijn huid. Ik hoor het nog steeds, als de dag van gisteren. Jean haatte het als je stoppels zag. En eerlijk gezegd: ik ook. Een rennersvrouw kan haar man 's nachts niet beminnen als zijn scherpe stekeltjes in haar zachte vlees prikken.'

Ze schudde nog een paar keer met de spuitbus en begon te spuiten. Wit schuim over mijn bruine benen. Handig smeerde ze het schuim over mijn twee benen uit. Ik zat helemaal onder.

'Even een paar minuten stil blijven liggen.'

Waar diende dit spul voor? De geur deed denken aan de ontsmettingszeep in ziekenhuizen. Of misschien was het een soort tijgerbalsem. Dan zouden mijn benen snel warm moeten aanvoelen.

Boven me beklom Lucho Herrera met de bolletjestrui een steile asfaltweg. Hij werd aangevuurd door supporters met ontblote bovenlijven. Met gebalde vuisten schreeuwden ze de bergkoning toe, de adem niet in het minst gebroken door de ijle lucht. Herrera. De kleine Colombiaan kon tijdens vlakke ritten in de Tour de France het peloton nauwelijks bijhouden. Pas in de bergen voelde hij zich thuis, weg van het zenuwachtige gewriemel in het peloton. Het stuur-aan-stuur-rijden trok hem niet. Hij was, zoals klimmers wel vaker zijn, een eenling op de fiets.

Lisa kwam aangelopen met een handdoek die droop van het water. Ze legde hem op mijn dijbenen en wreef met harde hand heen en weer.

'*Voilà!*' riep ze.

Met het wegvegen van het schuim verdwenen ook de haren op mijn benen. Door mijn bruine huid heen verschenen aders die ik nog nooit zo duidelijk gezien had.

Als dit alles was, waar was ik dan bang voor geweest? Lisa deed goed werk. Ze liep naar een kast. Gerinkel van flessen. Ik keek opzij. Ze pakte een fles met doorzichtig groen spul en schroefde de dop los.

'Wat is dat?' vroeg ik.

'Mijn geheim,' zei Lisa. Ze goot het over mijn kale benen. De vettige stroompjes kietelden. Ik rook eucalyptus en kwam met mijn hoofd uit het kussen om te zien wat ze deed. Ze wreef met haar mollige handen het spul over mijn boven- en onderbenen uit.

'Ze hebben hier allemaal op dit bed gelegen. Alle grote coureurs boven je. Herrera. Ik kon voelen hoe zijn spieren vastzaten aan zijn botten. Kleine varkenshaasjes, in het midden bol, aan de uiteinden steeds een beetje harder. Hij viel altijd bij me in slaap. Praten met elkaar konden we niet, hij met zijn Spaans, ik met het argot hier uit de streek. Onmogelijk. Maar mijn handen begrepen zijn benen.'

Ik liet mijn hoofd op het kussen zakken. Ik voelde hoe ze nog een scheut van het lichtgroene spul op mijn benen goot. Handig tilde ze mijn been op. De vloeistof liep over mijn huid. Met een snelle beweging smeerde ze de achterkant van mijn dijen in, zonder dat het ging druppelen op de lakens.

'En Bernard Hinault, die gekke Breton, die moest ik hard aanpakken. Hij had zo'n dikke huid, taai vlees, daar moest ik met mijn duimen doorheen drukken, wilde ik bij zijn spieren komen. *Plus fort, plus fort!* riep hij dan. Een wildeman, die Hinault.'

Er kwam een vreemde giechel vanuit haar middenrif, die veel hoger klonk dan haar normale stemgeluid.

Met duim en wijsvinger van beide handen pakte ze mijn kuitspieren beet en wreef de olie in de richting van mijn knie. Het was of ze met het bloed speelde dat in de spier verzameld was. Het was pijnlijk maar ook lekker.

'Koblet. Een zakkenwasser van de eerste orde. Verwijfd. Mooie Hugo noemden ze hem, hè? Een wielrenner met een kammetje in zijn koersshirt. Nou, ik voelde stug geitenvlees. Als ik hem masseerde, kreeg ik dunne rolletjes vuil onder mijn vingertoppen. Een renner die zich niet waste. Jij bent lekker schoon. Je zweet, maar het is schoon zweet. Fietszweet. Die geur is met niets te vergelijken.'

Lisa veegde haar handen af aan haar jurk en liep naar het midden van de ruimte. Ze pakte het doosje lucifers en stak een grote, half afgebrande kaars aan die in het midden van de tafel stond. Het summiere licht viel op haar gezicht. Haar rimpels vormden een zee van kleine golven.

Ik onderdrukte een geeuw. Het was benauwd binnen. Lisa liep terug naar het bed en ging weer naast me zitten. 'Fausto Coppi, dat was mijn lieveling. Zacht vlees in de kuiten, doorbloed tot in de diepste vezel. Voor hem had ik alle tijd. Fausto, de schat. Als hij met zijn fiets aan de hand hier het pad naar ons huis af liep, floot hij altijd de melodie van het liedje over Mona Lisa.'

Ze begon op fluistertoon te zingen, in slecht Engels. Ik moest moeite doen om de woorden te kunnen verstaan. Mijn ogen vielen dicht. Ze begon over mijn dijbenen te wrijven. Met twee handen pakte ze de grootste spier, kneep er zachtjes in en gleed tot aan mijn liezen naar boven. Die beweging herhaalde ze keer op keer.

Ik liet haar begaan. Ze duwde de vermoeidheid uit mijn benen. Ze leken lichter te worden. Coppi. De Italiaanse kampioen had toch een blinde masseur? Cavanna. Een voorzichtig met stok lopende figuur met een zonnebril op. Op de tast door de wereld van het cyclisme. Pas als Cavanna massageolie rook en de benen van zijn Fausto aanraakte, wist hij precies de weg in de wirwar van spieren en pezen.

Ik kon het gapen niet meer onderdrukken. Het was een gevecht tegen de slaap.

Lisa wreef over mijn bovenbenen. Ze gloeiden. De hele kamer rook naar eucalyptus.

Ik moest het gesprek gaande houden. Slapen ging een stap te ver. Ik kende Lisa niet. Bovendien moest ik nog een flink stuk rijden om weer bij mijn hotel te komen. Ik probeerde me te concentreren. Kwamen de renners hier langs om te trainen in deze bergen? Bahamontes kwam uit Toledo, Pantani woonde in Italië. Wat zochten ze hier?

Lisa liep weer naar de tafel. Ze pakte de fles wijn en nam een flinke teug.

'Lisa, wat bracht al die beroemde klimmers eigenlijk hier?'

Ze kwam vlak bij me staan. In haar hals en op haar bovenarmen waren rode vlekken verschenen. Ze praatte zachter dan eerst: '*Mon ami*, je vraagt te veel. Geniet, zoals je voorgangers genoten.'

Ik wilde nog een nieuwe vraag verzinnen. Want Coppi... Hoe kon Coppi in hemelsnaam hier op bed hebben gelegen? Hij was in 1960 overleden, op 2 januari, dat had ik altijd onthouden nadat ik zijn biografie had gelezen.

'Lisa, heb jij Coppi nog levend gezien?' vroeg ik loom. 'Hoe oud ben je dan?'

Ik begon te rekenen.

Ze goot wat meer eucalyptusolie op mijn benen. Ik voelde het langs de binnenkant van mijn linkerdij lopen. Bekende jeuk. Ik was te moe om te krabben.

Ik hoorde Lisa fluisteren: 'Ze zijn bang in de bergen. Bang om alleen te zijn, net als iedereen. Ik geef ze mijn glimlach om de angst te overwinnen. Wie hier heeft gelegen overkomt niets. Dat weten alle renners.'

Haar handen gleden over mijn dijbenen. Mijn spieren voelden zachter aan dan ooit. Ik probeerde omhoog te komen. Mijn vingers vonden geen houvast, het matras was spekglad. Ik spande mijn bovenarmen, mijn buikspieren, even leek ik me op te kunnen richten.

Mijn ogen kneep ik tot spleetjes. Lisa veegde met haar vette vingers haar haar uit haar gezicht, daarna maakte ze een knoopje los van haar jurk. Nog een knoopje. Haar oude borsten hingen vrij in haar onderjurk, de zweetpareltjes in haar decolleté glommen in het kaarslicht. Een zware golf ging door mijn hoofd, de spieren in mijn bovenarmen verslapten, ik hield het niet meer, ik moest loslaten. Los. Ik viel, dieper dan ik ooit gevallen was.

Hoelang was ik van de wereld geweest?

De kaars op tafel gaf net genoeg licht om de foto's boven me te kunnen zien. Lucho Herrera fietste nog steeds op dezelfde plek. Zijn fans bleven hem aanmoedigen op de flank van de berg. Verchroomde spaken die niet meedraaiden in het wiel.

Naast mijn bed hoorde ik iemand zwaar ademen. Ik draaide me op mijn zij en rook een combinatie van zweet, eucalyptus en drankgeur uit een mensenmond.

Lisa moest op de grond in slaap zijn gevallen. Ze lag op haar zij, de bandjes van haar onderjurk waren van haar schouders gezakt. Ze had haar handen tussen haar blote dijen. Het was de grootste foetus die ik ooit gezien had.

Langzaam kwam ik overeind. Haar bloemetjesjurk lag als een verfrommelde doek naast mijn hoofd op bed. Ik draaide een kwartslag zodat ik op de rand van het bed kwam te zitten. Mijn voeten raakten de grond, vlak naast het slapende gezicht van Lisa. De rode wijn moest al talloze rondjes in haar lijf hebben gemaakt. Ik bekeek haar van dichtbij, de glimlach van een jonge vrouw op een oud gezicht. Naarmate ik langer keek, leek het zelfs een lichte grijns; sardonisch, gelukzalig.

Pasje voor pasje schuifelde ik langs het slapende half blote lijf. Ik moest denken aan een trouwe hond, die in de nabijheid van zijn baas sliep, maar zijn jachtinstinct verloren was.

Ik liep naar het midden van de ruimte om mijn gevulde bidon van tafel te pakken. Water, daar was het me om te doen geweest.

Het leek me verstandig de kaars uit te blazen.

'Merci, Lisa,' fluisterde ik in het donker.

Om te voorkomen dat ik ergens tegenaan liep, hield ik mijn armen gestrekt voor me. Ik schuifelde naar de deur. Door de plastic strengen heen zag ik mijn fiets staan. Het was een heldere nacht, de maan scheen. Buiten voelde het nog steeds warm aan, al was het gelukkig niet zo benauwd als binnen. Mijn bidon stopte ik in de houder. Ik maakte de helm los en zette hem op. Met mijn fiets in de hand liep ik een aantal passen over de losse stenen. Ik vreesde dat Lisa wakker zou worden van het geluid. Het bleef stil in het huis.

Boven bij de asfaltweg gooide ik mijn rechterbeen over het zadel en klikte ik mijn schoen in het pedaal. Ik kon niet al te ver vooruitkijken. Linksaf was dalen naar het hotel, rechtsaf klimmen naar Col de l'Homme Mort.

Ik had geslapen, water in mijn bidon, een volle maag, olie op mijn benen.

Wat zei Lisa ook alweer toen ik op bed lag? 'Wie hier heeft gelegen overkomt niets.'

Ik stuurde naar rechts.

Mijn slaperige ogen volgden de doorgetrokken witte streep naast me op het asfalt. Het ging lekker. Het zware verzet deed me geen pijn.

De kleur van de berg veranderde, de begroeiing werd dunner. Langs de kant stond een bord: COL DE L'HOMME MORT OUVERT. Natuurlijk was de pas 'open'. Ik kon naar de top.

Het was donker, zo zonder verlichting op mijn fiets. Gelukkig scheen de maan over de flank van de berg. Mijn benen deden alles wat ik wilde. Ik schakelde om zwaarder te kunnen trappen.

Geen bordjes, geen huizen, geen mensen. De Dode Man was een stille berg. Mijn benen gloeiden. Daar was het bordje langs de weg, met de naam en de hoogte van de berg: COL DE L'HOMME MORT, 1163 MÈTRES.

Ik stond op de top.

Voldaan stapte ik af en pakte mijn volle bidon. Het water smaakte anders dan het water uit mijn hotel. Zachter. Lantaarns markeerden de weg in het dal. Waar lag het huis van Lisa?

Een frisse bries blies me klaarwakker maar kreeg geen vat op mijn benen. Ze bleven gloeien. Ik dronk de hele bidon leeg. Mijn mondhoeken trokken omhoog; het ging vanzelf. Ik grijnsde.

Ik stapte op mijn fiets en begon in het donker aan de afdaling. De wind suisde om me heen. Een glimlach stond onophoudelijk op mijn gezicht.

Ik schreeuwde haar naam in één ademstoot.

Ze werd van berg naar berg gedragen.

Ik riep haar nog eens, nu met tussenpauzes.

Li-sa.

Ze was alleen met haar renners. Vanaf de fiets keken ze naar Lisa. Aan Lisa moest niemand komen. Ze was van de klimmers. Ze was nu ook van mij.

Zwarte veren

Meerkoeten. Ik herkende het onhandige getrippel al van grote afstand. Twee meerkoeten. Meneer en mevrouw, waarschijnlijk. Ze staken parmantig het fietspad over. Het asfalt was maar drie meter breed, auto's mochten hier niet rijden. De watervogels hadden alle tijd.

Ik had de wind mee. Zelfs als ik niet trapte, bleef ik op snelheid. Een onzichtbare hand duwde me in de laatste kilometers van mijn wekelijkse tocht terug naar de stad.

Het was broedseizoen. Onderweg had ik veel vogels druk in de weer gezien met strootjes en takjes. Futen, eenden, waterhoenen. Meerkoeten bouwen het liefst drijvende nesten. Op het water wanen ze zich veilig.

Wat bewoog de twee meerkoeten om hier aan wal te gaan? Eten?

Langs het fietspad stonden villa's. De afgelopen jaren waren er veel vrijstaande huizen bij gebouwd. Zij die het konden betalen ontvluchtten de chaos van de stad en kozen voor een woning met uitzicht op het rustgevende water van de Rotte.

Nog een meter of vijftig. De vogels moesten nu wel een beetje voort gaan maken.

'Hup, hup!' schreeuwde ik.

De voorste meerkoet maakte een beweging waar schrik uit sprak. De achterste trippelde terug en dook via de smalle berm het water in. Nog dertig meter.

Op het asfalt stond een beest met twijfel. Een twijfelende meerkoet. Ik zag aan zijn bewegingen dat hij een taxatie maakte: vooruit of achteruit?

Nog twintig meter. Het beest tilde zijn rechterpoot op en zette die weer op dezelfde plek terug. Hij deed niets en bleef me aankijken.

'Weg!' riep ik. Een veel te menselijke kreet, waardoor de meerkoet opnieuw verstijfde. Ik remde.

Op televisie had ik eens een verkeersprogramma gezien over de lengte van de remweg. Bestuurders schatten afstand vaak verkeerd in. Ze dichten hun remmen buitenproportionele krachten toe en onderschatten de snelheid waarmee ze rijden. Als je een botsing in vertraging terugziet, besef je pas hoe vernietigend de impact van een aanrijding is.

Mijn remweg was te lang. De remblokjes schuurden met een hoog gepiep tegen mijn velgen en mijn achterwiel slipte weg. De meerkoet schrok van het geluid. Hij maakte zich kleiner door zijn poten onder zijn vacht te stoppen.

Ik probeerde het beest te omzeilen. Links of rechts?

Waar zat de kreukelzone bij een meerkoet?

Het beest trok zijn kop in en leek af te wachten. Hij bleef met zijn kraalogen mijn kant op kijken. Nog één meter. De meerkoet maakte een onverwachte sprong. Hij koos een uitweg. De verkeerde kant op.

Er was geen houden meer aan.

Met hoge snelheid reed ik met mijn voorwiel in op zijn borstkas. Ik raakte uit balans en moest alle zeilen bijzetten om niet te vallen. Zwarte veertjes vlogen door de lucht. Vleugels ratelden langs mijn spaken. Met mijn heupen bewoog ik om niet te vallen. De meerkoet draaide mee in mijn voorwiel en raakte bekneld tussen de spaken en de voorvork. Ik had mijn fiets niet meer onder controle. Mijn voorwiel blokkeerde, de vogel zat nu beklemd in mijn voorvork, mijn achterwiel kwam omhoog. Ik liet mijn remmen los. Onder mijn pedalen plofte de meerkoet op het asfalt.

Zwart op zwart.

Voor ik iets kon doen reed mijn achterwiel al over het beest heen. Ik hoorde een knak. Alsof ik met kracht een poot van een gebraden kip draaide. Bot dat losschoot van het vlees.

Pas een paar meter verder stond ik stil, midden op het fietspad. Ik keek om. Het beest lag stil.

Dood?

Om de meerkoet heen dwarrelden nog een paar donsveertjes. Zijn kopje lag in een rare knik. Mijn hart bonkte in mijn keel. Ik draaide mijn fiets en reed terug. Het kraaloog stond half open. Ik kon er geen leven in ontdekken; het keek langs me heen. Het deed me denken aan het luie oog van mijn buurjongetje als hij voor het slapengaan van zijn afplakpleister werd verlost. Geen focus, versuft.

Langzaam kwam de linkervleugel van het asfalt omhoog. Een laatste stuiptrekking? De pennen wezen alle kanten op. De wind had vrij spel en blies ze uiteen. De vleugel zeeg weer neer.

Ik keek om me heen. Moest je na een aanrijding met een watervogel de dierenambulance bellen? De meerkoet en ik bevonden ons ter hoogte van een villa met een vers rieten dak. Er was niemand te zien achter de ramen.

Vanaf het water klonk een kort uitgestoten keelklank. Het geluid herhaalde zich om de paar seconden. Van achter het riet verscheen de vrouwtjesmeerkoet. Ze zwom onrustig heen en weer in de rivier.

Wanneer is een vogel dood? Ik had mensen zien sterven.

Door de veranderende kleur van de huid en de intredende rigor mortis wist je dat het leven uit een lichaam verdween. De geest uit de fles. Bij de stervende mens was er onmiskenbaar een verschil tussen nog levend en net dood. Bij een dier wist ik niet waar ik op moest letten.

Gaven de hersenen van de meerkoet nog prikkels door aan het misvormde lijf of keek ik naar een in elkaar gedonderd pakhuis van botten en veren? De ingedeukte borstkas van het dier bewoog niet meer. Ik moest mezelf ervan overtuigen dat het dood was. Halfslachtig gedrag was misdadig.

Met de punt van mijn wielerschoen tikte ik tegen het kopje van de meerkoet. De snavel ging een beetje open.

Leven. Verdomme.

Ik pakte mijn stuur stevig beet en rolde het wiel over de nek van de meerkoet. Vooruit, achteruit, vooruit, achteruit. Tot mijn schrik begon de vleugel weer te fladderen. Het laatste beetje leven? Voor de zekerheid duwde ik met mijn wiel de nek nog een keer plat. Weer een beweging van de vleugel. Minder hoog, maar duidelijk waarneembaar.

Misschien bezorgde ik de meerkoet alleen maar ademnood. Om hem uit zijn lijden te verlossen moest ik op zijn hersens beuken. Ik trok mijn voorwiel op en ramde er een paar keer mee op de kop. Op het asfalt lagen nu stukjes van het witte voorhoofdsschild. Uit de open snavel kwam bloed. Het oog was vermorzeld. De meerkoet had geen gezicht meer. Total loss, zou de taxatie luiden als het om een auto ging. Het dier was afgeschreven.

Adrenaline gierde door mijn lijf. Zo moest een moordenaar zich voelen nadat hij zijn verminkte slachtoffer de genadeslag had toegebracht.

Dit was dood, ja. De meerkoet was dood. Daar was ik zeker van. Heel zeker. Ik kreeg de neiging om te kotsen.

Zonder het te willen had ik mezelf in de rol van misdadiger

gemanoeuvreerd. Wat moest ik met het lijk? Moest ik er een witte zakdoek overheen leggen of het aan zijn poten naar de berm slepen? Ik rook mezelf: dit was geen zweet van het fietsen. Dit was angstzweet.

Weer keek ik om me heen. Niemand te zien. Het enige wat ik hoorde was het snerpende gekwaak van de andere meerkoet, die me vanuit het water in de gaten hield.

Ik kon het kapotte beest moeilijk zo laten liggen. Niemand zou het merken als ik de dode meerkoet in de rietkraag van de rivier zou gooien.

Ik keek naar het onrustig zwemmende vrouwtje. Ik moest van dieren geen mensen maken. Maar toch, ik kon moeilijk een dooie meerkoet naar een levende gooien.

Voor het huis met het rieten dak was de tuin tot aan het fietspad omgewoeld. Losse, niet aangestampte aarde. Ik legde mijn fiets aan de rand van het fietspad en tilde de slappe meerkoet op aan zijn poten. Het bebloede kopje slingerde heen en weer boven het asfalt.

Ik legde het beest voorzichtig op de omgeploegde grond en begon snel te graven. Het ging makkelijk. Al met een paar flinke halen van mijn handen bereikte ik de gewenste diepte. Ik pakte de meerkoet en legde hem in de kuil. Hij lag er tevreden bij, met zijn poten slap hangend op zijn dek van veren, het kopje voorover. Ik moest denken aan een oude man met een zwarte trui die in zijn luie stoel voor de televisie in slaap was gesukkeld.

Terwijl ik de afgegraven aarde op het dode lijfje stortte, keek ik op. In de verte reden twee wielrenners. Ze naderden. Haastig sloeg ik de grond plat; je zag nauwelijks meer dat er gegraven was. Ik woelde nog een laatste keer met mijn vingers door de aarde.

De twee fietsers reden een behoorlijk tempo. Ze droegen shirts van bekende wielersponsors. Sky en Leopard.

Ik wreef mijn vingers aan mijn wielerbroek af en zette mijn fiets in de rijrichting. Voor de vorm prutste ik aan een remblokje van mijn achterwiel. Tussen het riet maakte het vrouwtje nog steeds haar alarmerende keelklanken. Ze mocht er van mij mee ophouden.

Achter me hoorde ik het tingelen van een fietsbel. Hetzelfde hoge geluid als het belletje van een kok die zijn gerecht klaar heeft en het onder een rode warmhoudlamp schuift.

De twee mannen reden me voorbij. De achterste renner, met het shirt van Sky, keek om. Was hij benieuwd wat er aan mijn fiets mankeerde? We keken elkaar heel even aan. Toen trapte hij in hoog tempo verder achter de rug van zijn fietsmaat.

Zou hij me hebben zien graven?

Ik keek naar de plek waar de vogel onder de grond lag. In mijn jeugd zou ik meer werk van het graf hebben gemaakt en met stokjes en elastiek een kruis in elkaar hebben geflanst. Nu was ik gebaat bij anonimiteit. Het was een ongeluk, noodlot, pure pech.

De vrouwtjesmeerkoet dreef stilletjes op het water. Ze kwaakte niet meer maar keek me wel aan.

Het fietspad lag er verlaten bij, de twee renners waren uit het zicht verdwenen. Terwijl ik met mijn vrije voet afzette, werd mijn oog naar de villa getrokken, naar het huiskamerraam. Door een spleet van de vitrage zag ik de contouren van een gezicht en een bos grijs haar. Stond daar een vrouw te gluren? Hoelang stond ze daar al? Ik wendde me snel af en maakte tempo op de fiets. Omkijken durfde ik niet.

Het was ongeveer op hetzelfde tijdstip, een week later, rond een uur of twaalf in de middag. Het was de laatste dagen warmer geworden. Je kon de zomer al ruiken.

Ik reed het fietspad langs de Rotte op en keek naar mijn voorwiel. Op het rubberen profiel van mijn buitenband hadden rode vlekken gezeten. Met een schuursponsje en heet water had ik het bloed weggeveegd. Na een paar halen was het verdwenen. Het laatste bewijsmateriaal moest weg. Ik had het sponsje in de afvalbak gegooid en direct de vuilniszak voor een nieuwe verwisseld. Pas toen de vuilnisman een dag later de zak in het gapende gat van de wagen smeet, wist ik dat alle sporen uitgewist waren.

Met dit mooie weer waren de watervogels actief. Ik zag een fuut met een vloeiende beweging onder water duiken. Ik reed te hard om te zien waar hij weer bovenkwam. Vlak na een ophaalbrug lag een nest in het riet. Er zat een meerkoet te broeden, het kopje stak waakzaam omhoog. Zouden er al eieren onder haar veren zitten?

In de verte doemde het rieten dak van de villa op. Om herkenning te voorkomen had ik mijn blauwe Italiaanse tenue verruild voor een ouder shirt, van Acqua & Sapone. Het was knalrood. Ik droeg ook een zonnebril, al was het half bewolkt.

Ik reed een bocht door en zag de villa nu in zijn geheel liggen.

Tegenwind. Ik schakelde naar een lichter verzet en moest flink trappen om tempo te houden. Nog een kleine tweehonderd meter. Hoe vaak had ik gedachteloos dit deel van mijn vaste zondagse tochtje gefietst? Nu nam ik alles in me op. De berm, de struiken, de breedte van de rivier, de lantaarnpalen, de rietkraag.

Naast de villa stond een terreinwagen met een aanhanger geparkeerd. Nog dertig meter. Ik hield mijn pedalen stil en minderde vaart. Op de achterklep van de aanhanger stond VAN WEELDEN TUINARCHITECTEN. Een man in overall stond met zijn rug tegen de zijkant van de auto aan. Terwijl hij belde schopte hij met de hakken van zijn laarzen tegen de achterband. Er vielen kluiten op de grond.

Ik keek schuin opzij. Naar de plek. Naar het graf van de meerkoet. Mijn ogen zochten de tuin af. De losse, donkere aarde zag ik niet meer. En toch wist ik zeker dat dit de plek was. Nu zag ik het pas. Over de aarde waren graszoden gelegd; je kon de naden tussen de plaggen nog zien lopen.

Langs het huis was een strook aarde vrijgehouden. Er zat een jongen in overall op zijn knieën. Naast hem stond een houten krat met feloranje afrikaantjes. Hij groef kleine gaatjes in de grond.

Midden op het verse grasveld stond een set tuinmeubelen. Op een van de stoelen zat een vrouw. Ze las een tijdschrift. Ik herkende haar. Het grijze haar stak boven het omslag uit. Ik begon snel te trappen.

Aan de rand van het gazon en het fietspad stonden twee glazen schaaltjes in het gras. Toen ik erlangs reed keek ik erin. Gesneden stukjes wit brood. Zonder korst.

Ik was er voorbij. Ondanks de aanhoudende tegenwind schakelde ik zwaarder. Links van me wuifde het riet heen en weer. In de rivier zwommen meerkoeten. Het waren er meer dan ooit.

Stickers

Bespied voelde ik me allerminst, in de metropool. Ik besloot de gordijnen van mijn hotelkamer open te laten. In de lofts aan de overkant van de straat had ik niemand voor het raam zien staan.

Net toen ik mijn zwarte fietsbroek wilde aantrekken, werd er op de kamerdeur geklopt. Het was één uur in de middag. Een schoonmaakster kon het niet zijn. Ik was net ingecheckt.

'*One moment, please!*'

Haastig trok ik mijn broek omhoog, deed de bretels over mijn schouders en opende de deur.

Achter een karretje dat gevuld was met blikjes frisdrank, verpakte nootjes, nougat en chocolade stond een oudere vrouw met een Indiaas uiterlijk. Ze had een rode stip op haar voorhoofd.

'*Welcome to Hotel Thompson. You want ice?*' zei ze, met een glimlach die me enigszins geforceerd leek.

Ze tikte met haar hand op de deksel van een witte emmer die boven op het karretje stond. Haar lange kunstnagels waren goud gelakt.

Nee, ik hoefde geen ijs.

Voor ik de deur sloot, stopte ze me een donker blokje in mijn hand. Daarbovenop legde ze een formulier. Het was de bestellijst voor het ontbijt, zag ik. *Irish oatmeal, home-made granola, smoked salmon, skimmed milk.*

Ik wilde nog niet aan morgenochtend denken. Vandaag zou ik voor het eerst in mijn leven gaan fietsen in New York, een paar uur geleden was ik op JFK Airport geland.

Het blokje bleek een verpakte brownie. Een gratis lekkermakertje van het hotel. Achter op de brownie stond BAKED JUST FOR YOU, MY PRETTY. Gemaakt door de Fat Witch Bakery.

Ik trok mijn wielershirt aan. Het baksel verdween in mijn achterzak. Voor een mogelijke hongerklop onderweg.

Op internet had ik goede verhalen gelezen over de fietsverhuurzaak die downtown aan West Street lag. BICYCLES stond er met grote letters boven de winkelpui. Ik stapte uit de taxi en liep de zaak binnen.

In de kleine ruimte hingen voornamelijk helmen en sloten aan de muur. Tegen de toonbank stonden drie stadsfietsen en twee verchroomde steppen. Een jongeman met een kaalgeschoren hoofd kwam op me af gelopen. Hij veegde zijn handen af aan een rafelige poetsdoek.

'Verhuur je echte *bikes*?' vroeg ik de jongen.

'Wat bedoel je met echte?'

'Nou, thuis rij ik op een *racebike*.'

Hij lachte. 'Nee, we hebben hier alleen *hybrids*.'

Hybride. Mijn god, een stadsfiets die doet alsof hij een racefiets is. De transseksueel onder de tweewielers.

De jongen wenkte me, ik moest mee naar buiten. Tegen de pui stond een glanzende racefiets. Hij verhuurde ze kennelijk toch. Het was een Bottecchia, zag ik aan de grote letters op de diagonale buis, met carbonvelgen van Ambrosio.

De kale jongen zag me verlekkerd kijken. 'Sorry. Flauw van me. Het is de fiets van mijn hulpje, die houdt ook van Italiaanse frames. Niet te huur. Jij mag op onze hybride.'

Hij liep achter me langs, opende een stalen luik dat verzonken lag in het trottoir en kwam even later via een stalen ramp met een fiets uit de kelder omhoog.

Ik controleerde de hybride. Het was een Byria. Ik kende het merk niet. Een bonkig model, gemaakt om heel te blijven in de grote stad. Dikke buizen, brede banden, spatborden voor en achter, tien versnellingen en een recht stuur. Vooral het zadel was hopeloos. Breed, beige, met een gat erin. Een damesmodel.

'Heb je nog een andere?' zei ik, terwijl ik twee klappen op het zadel gaf.

'*No, one size fits all.*'

De jongen liep naar de counter en reikte me een A4'tje aan. Ik las het huurreglement. Het kwam erop neer dat de fiets heel moest worden terugbezorgd en dat het bedrijf geen enkele verantwoordelijkheid droeg wanneer ik tegen een auto klapte. Terwijl de jongen een fotokopie van mijn rijbewijs maakte, ondertekende ik het formulier.

'Helm? Mandje? Slot?' vroeg hij.

Een helm, op een geslachtsloze stadsfiets? Mandje? Ik was geen modefreak op koopjesjacht. En een slot? Niet nodig. Ik was van plan om Manhattan in een paar uur rond te rijden.

Achter me vroeg een jongen om '*free air*'. Het mocht. Hij trok de slang los van de buitenmuur en pompte zijn banden op.

Free air.

Het idee dat je voor lucht moet betalen. Het zou me niet verbazen in New York. Bij de terminal van JFK had ik een sightseeingtouringcar zien staan met over de hele lengte het opschrift ENJOY YOUR 2-HOUR TOUR MORE: CLEAN AIR IN OUR BUS.

Zou het kunnen, de smerige lucht van Manhattan filteren en schoon door een bus blazen?

De eigenaar pompte mijn banden vol.

‘Prima, dan ga ik maar eens,’ zei ik.

Met de huurfiets aan de hand stak ik de drukke West Street over, naar de naastgelegen *bike lane*. Het dubbele fietspad was op mijn routekaart groen aangemerkt als klasse 1. Beter kon niet. Het liep langs de Hudson, van het zuiden van Manhattan naar het noorden.

Ik stapte op de hybride en maakte mijn eerste meters. Fietsen in New York. Opwindend. Ik nam deel aan het verkeer in een metropool die gemaakt was voor snelheid. De stad leek een vrijplaats voor taxichauffeurs die met 80 kilometer per uur over de avenues raasden en voor de metro’s die als ratelslangen door de schachten schoten.

Rechts van me reden automobilisten naar het zuiden van het schiereiland om maar zo snel mogelijk in de Holland Tunnel te komen.

Links van me lag de Hudson in de zon te kabbelen. Ik rook de rivier. Een zilte geur vermengd met afgewerkte olie en dode vis. Het rook vertrouwd, naar haven, naar het water van de Maas in Rotterdam. Voor mijn komst had het rivierwater spookachtig hard tegen de kades van Manhattan gebeukt. De orkaan Irene had de oostkust van de Verenigde Staten dagenlang in zijn klauwen gehad. Terwijl hele delen van het continent onder water kwamen te staan, was New York de dans ontsprongen.

Ik zat nog niet lekker op de huurfiets. Het zadel was ongemakkelijk en stond ook nog eens te laag. Met de binnenkant van mijn dijbenen schuurde ik langs de kunststof. Het was te druk om zomaar af te stappen op het fietspad met zoveel fietsers en hardlopers. Met een ruime boog reed ik om een man heen die in de hitte kilo’s blubberend vet torste en ik zette mijn fiets stil op het uiterste randje asfalt. Mijn rechtervoet stond in het gras. Ik draaide snel de hendel onder mijn zadel los en zette het een paar centimeter hoger. Toen ik weer opstapte merkte ik meteen dat ik meer kracht kon zetten op de pedalen. Het was benauwd in New York. Ik was blij dat ik mijn hoofd alvast had ingesmeerd in het hotel. In het cirkeltje op de tube had ik 'factor 30' zien staan, dat moest genoeg zijn.

Rechts had ik na ieder blok steeds een prachtige doorkijk in de stad. De dertigste straat, de eenendertigste straat, de drieëndertigste straat. De stoplichten zaten mee, drie keer groen. Ter hoogte van de vierendertigste straat zag ik het bovenste deel van het Empire State Building. Keek er iemand naar mij door een van de verrekijkers vanaf het *kissing centre* op 380 meter hoogte? Een mannetje op een fiets, langs de Hudson. Hij had haast, zo te zien.

Er kwam een jongen met ontbloot bovenlijf aan me voorbijgefietst. Hij reed op een hippe *fixed gear*: klein, recht stuurtje, het frame gespoten in een lichtgrijze kleur, wielen met extra brede velgen en beige banden. Al rijdend tikte hij met zijn duimen een bericht op het opengeschoven toetsenbordje van zijn telefoon. Terwijl hij me voorbijfietste, zag ik dat hij een tattoo van een adelaar had. De vogel bestreek zijn hele rug; de pennen van de vleugels waren in detail uitgewerkt in verschillende kleuren. Over de vogel liepen straaltjes vers zweet.

Ik zette het versnellingspookje aan mijn stuur op 6 en ging achter hem rijden. Zijn snelheid schatte ik op zo'n 30 kilometer per uur.

De jongen keek om.

'Hi,' zei hij.

'Hi,' zei ik terug.

De jongen reed nog steeds met losse handen.

'Hoelang hou je dat vol, zonder handen?' vroeg ik, nieuwsgierig.

'Mijn record is van Canal Street tot aan 125th Street.'

'Knap.'

Zijn duimen raasden over de toetsen. Hij schreef een lange boodschap.

Even draaide hij zich naar me om.

'Waar rij jij heen?'

Op de kaart had ik gezien dat dit fietspad langs de Hudson tot aan Inwood liep, een van de noordelijkste wijken van Manhattan.

'Naar Inwood en dan weer downtown,' zei ik, alsof het de gewoonste zaak van de wereld was. 'En jij?'

'Ik fiets iedere dag van mijn appartement in Brooklyn naar mijn werk in Harlem. Wacht even, hoor.'

Hij tikte weer iets op zijn toetsenbord.

'*Send*. Eh... Ik geef zwemles aan zwakbegaafde kinderen in Harlem.'

In de Hudson lag een oorlogsschip voor anker. Op het dek stonden straaljagers in het gelid, oude modellen die hun maximum aan vlieguren erop hadden zitten.

Uit de telefoon kwam een kort drumgeluid. De jongen keek naar zijn display.

'Fuck. Ik moet hier rechtsaf. *See you!*'

De jongen deed zijn handen aan het stuur. Geen record vandaag. Hij remde en sloeg rechtsaf richting 42nd Street.

Ik was ter hoogte van midtown. Het werd rustiger op het fietspad. Zouden de zakenmensen hier minder gebruikmaken van de fiets dan de culturele elite uit SoHo?

Mijn zadel zat toch een beetje te hoog. Ik moest zo nog maar een keer stoppen om het lager te zetten.

Rechts in de stad herkende ik de rode M op een dak van een hoog gebouw. De M van Milford, Milford Plaza op 45th Street. De eerste keer dat ik in New York was, in 1980, sliep ik in dat hotel. Ik had de grootte van de stad niet kunnen bevatten; een nieuwe horizon, ander licht, andere geluiden. Na het inchecken was ik in de lift naar de twintigste verdieping gestapt. Vanuit mijn kamer had ik de hele 8th Avenue kunnen overzien. Eindelijk, voor het eerst van mijn leven in mijn droomstad. Uitgelaten had ik me voorover op bed laten vallen. Het hoofdkussen smoorde mijn diepe oerschreeuw.

Bij een bankje aan de Hudson stopte ik. Tijdens het rijden had de wind mijn hoofd goed afgekoeld. Nu liep het zweet alweer langs mijn slapen naar beneden. Ik plaatste mijn fiets tegen de leuning en ging op het bankje zitten.

In de verte zag ik de contouren van de Washington Bridge, een hoge stalen brug die het drukke autoverkeer van Manhattan over de Hudson naar New Jersey helpt. Daar moest ik heen.

Rust leek niet te bestaan in New York. Achter me hoorde ik voortdurend geraas. Bulderende motoren, optrekkende vrachtwagens, taxi's die rammelden van ouderdom. En sirenes. De hulpdiensten leken vierentwintig uur per dag in touw. Een brand, een hartaanval, een schietpartij.

Op een platte rots aan de rivieroever stond een man in een verstilde houding. Hij hield zijn armen voor zich uit, de handen met gestrekte vingers. Langzaam begon hij om zijn as te draaien en met zijn armen te zwaaien. Tai chi. Op de gekste plekken stonden mensen in Manhattan gefixeerd op hun plaats. Hier moest je je ontspanning zelf arrangeren.

Tegen de leuning van het bankje naast me stond een damesfiets. Een relatief klein model, geschikt voor een schoolmeisje. Er zat een man op het bankje. Zijn zwarte huid was dof. Hij droeg een slobberige lange trainingsbroek en had kapotte Crocs aan zijn blote voeten. Met zijn vingers draaide hij aan zijn dreadlocks. De slordige staartjes wezen alle kanten op.

Overal op het frame van de damesfiets zaten stickers geplakt. Stickers van merken, sportclubs, bedrijven, onbekende namen. Veel van de plaatjes waren kapot of lieten los aan de rand. Stickers met ezelsoren. Het was alsof de huid van de fiets was opengekrabd. Slechts op een paar plekjes kon ik de oorspronkelijke kleur van het frame zien: roze.

Ik pakte mijn mobiele telefoon, deed alsof ik iets op het display zag. Ondertussen richtte ik het ingebouwde lensje op de fiets en de man. Door het zonlicht zag ik niet goed of het een mooi kader was. Ik kantelde het toestel een kwartslag zodat ik een liggende foto kon maken. Ik tikte het afdrukknopje op het scherm aan en hoorde 'tsjak'.

De man had het geluid ook gehoord.

'*Hey man*, wat doe je?'

Betrapt.

'*I like your bike.*'

Toenadering zoeken en de schade beperkt houden. Ik stopte mijn telefoon in de achterzak van mijn shirt en liep op de man af.

Op zijn shirt stonden de woorden MY NAME IS voorgedrukt. Daaronder stond in een wit vlak, met een viltstift in bibberhandschrift geschreven, *Trouble*.

'Stickers zijn gemaakt om te plakken,' zei de man, zonder me aan te kijken. Hij draaide nog steeds rondjes met een pluk haar en stak zijn andere hand naar me uit. '*Hey, mister nice guy. My name is Trouble. And yours?*'

Ik noemde mijn naam, die hij maar half verstond.

'*Woolf? Nice.*'

Woolf. Ach, waarom ook niet; ik heette Woolf vandaag.

'Op welk merk rijd je?' vroeg ik, terwijl ik op de damesfiets wees.

'Budweiser, Dodge, Delta, Sneakers, Tamoil, *New York Post*, Gillette, Diet Coke. Mijn fiets heeft honderden namen.'

Aan de vorm van het stalen frame te zien was de fiets al een paar jaar oud. Vanonder het stuur liep een dubbele buis in een ronding naar de kettingkast.

'Gisteren zat hier een eekhoorn in de boom,' zei Trouble. 'Ik hoorde hem toen ik op de bank zat, op de plek waar jij nu zit. Hij trippelde langs de bast naar beneden en ging zich wassen in de Hudson. Soms ging er een hele golf over hem heen. Ik hou van eekhoorns.'

Trouble keek me aan. Hij had twee ongelijke ogen: het ene priemde recht naar voren, het andere leek te slapen en werd deels afgedekt door een hangend ooglid.

'Je gelooft me niet, hè, Woolf?' zei hij. 'Hoeft ook niet.'

Hij draaide weer aan de dreadlocks en ging ze daarna allemaal af met zijn handpalm. 'Vandaag moeten ze goed zitten. Door al die uitlaatgassen hier is mijn haar zo snel vies. Er komt bruin water vanaf als ik het was.'

Hij stopte abrupt met het frunniken aan zijn haar.

'Spaar jij ook stickers?' vroeg hij, out of the blue.

'Nee, sorry.'

Trouble stond op, pakte de damesfiets en zette hem voor me neer. Hij wees.

'Hier, kijk.'

Hij wees op de zadelpen. Naast een half weggeteerde sticker van een Amerikaanse vlag zat een schoon zilveren plakkertje in de vorm van een appel.

'Mooi. Hoe kom je eraan?' vroeg ik nieuwsgierig.

'Gekregen van de portier bij de Apple Store, op Prince Street. Dikke Jay. Zat vroeger bij me op school in Melrose. Ken je Melrose? Ligt aan de overkant van de East River.'

Uit de broekzak van zijn afgeleefde trainingsbroek haalde hij een bruine papieren zak. Hij schudde er een paar pinda's uit. Een voor een legde hij ze op zijn duim, op de plaats waar vroeger een nagel had gezeten, en piekte ze met een boogje handig in zijn mond.

'Wil je ook?'

Hij vulde mijn handpalm met nootjes.

Ik probeerde zijn manier van pieken te imiteren. Het mislukte meteen bij de eerste pinda. Hij rolde onder de bank.

'Wat doe je nou?' zei Trouble. Zijn stem klonk teleurgesteld, als van een klein kind dat zijn zin niet krijgt.

'Sorry, het lukte niet,' antwoordde ik.

'Kruimels zijn voor de eekhoorns,' zei Trouble. 'Ik geef ze altijd te eten, anders redden ze het niet. Zie je die kraaien daar? Die proberen de pinda's weg te pikken. Dieven zijn het. Ze moeten het niet proberen. Ik trek de kop van hun romp en verkoop het vlees aan de Chinezen in Canal Street.'

Zonder iets te zeggen begon hij met de duim waar nog wel een nagel aan zat aan een sticker te peuteren. Op sommige plekken waren de stickers laag over laag geplakt. Op een gele fluorescerende sticker stond een telefoonnummer, in hetzelfde bibberhandschrift als de naam Trouble. Het nummer begon met 212, het netnummer van New York.

'Hé, Trouble?'

Het was de eerste keer dat ik zijn naam gebruikte. 'Wat is dat voor nummer, als ik vragen mag?' Ik wees naar de stang van zijn fiets.

'Ik ken je niet, Woolf. En jij mij niet. *So what?*'

Hij had gelijk. Ik kende Trouble niet. Ik moest gokken hoe hij in elkaar stak.

'Omdat ik je fiets zo mooi vind met al die stickers,' zei ik.

'Je meent er geen flikker van, Woolf.'

Trouble ging staan en hield met één hand het stuur van de fiets beet. Hij gaf een harde vuistslag op het zadel.

Ik schrok en ging rechtop zitten op de bank.

'Oké?' zei hij.

Weer een slag op het zadel.

'Ben ik duidelijk?'

Met wilde ogen keek hij me aan.

'Woolf, ben ik duidelijk?' herhaalde hij.

Nu hij zijn ogen wijd opengesperd had, zag ik pas hoe oud Trouble was. Rond de vijfendertig jaar, vermoedde ik. Eerder had ik aan een jaar of veertig gedacht, door de rimpels in zijn vermoeide gezicht.

'*All right, all right,*' zei ik, om hem te kalmeren.

Op het fietspad kwam een man aanrijden op een opvouwfiets met kleine wielen. Hij draaide zijn voeten veel te snel in het rond. Ik bespeurde een buikje onder zijn hemdje met het Chicago Bulls-logo.

'*Wrong club, mister!*' riep Trouble hem na.

De man deed of zijn neus bloedde en fietste in rustig tempo verder.

Ik keek voor me. Op de Hudson dobberden zeilboten die bij de houten golfbrekers voor anker lagen.

'Waar ga je heen?' Trouble keek me indringend aan.

'Inwood.'

'Ik moet ook die kant op. Naar de verjaardag van mijn dochter.'

Uit mijn achterzak haalde ik de brownie tevoorschijn. Ik trok voorzichtig de sticker met BAKED JUST FOR YOU, MY PRETTY van het cellofaan en gaf die aan Trouble.

Zonder de slogan te lezen plakte hij hem op de koplamp.

Ik haalde de brownie uit de verpakking en brak het vierkantje in tweeën. Zonder iets te zeggen aten we de koek op.

'Gaan we?' zei Trouble.

'Wacht even,' zei ik. Ik duwde mijn zadel met twee handen ongeveer een centimeter omlaag en draaide de hendel vast.

Trouble pakte zijn fiets en liep met ongelijke passen naar het pad, alsof er een steentje in zijn schoen zat. Hij stapte op als een vrouw. '*Let's go.*'

De eerste kilometers reden we in stilte naast elkaar. Inwood was nog wel een kwartier rijden, schatte ik. Waar begon ik aan?

Trouble reed in een sloom tempo noordwaarts. Ik herkende het shirt van de fietser die ons tegemoet reed. Chicago Bulls.

'*I said: wrong club!*' riep Trouble.

De man met het Bulls-shirt remde en maakte aanstalten om af te stappen.

Trouble ging zachter rijden en wilde stoppen.

Ik ging naast hem rijden en trok hem aan zijn jas mee.

'Laat maar, New York is een maatje te groot voor de Windy City.'

Trouble spuugde, maar er kwam geen vocht tussen zijn lippen vandaan. Hij keek me aan en liet zich door mij meetrekken. De rechtertrapper van zijn fiets schuurde bij iedere omwenteling tegen de kettingkast.

De man met het Bulls-shirt keek ons na. Hij stak zijn middelvinger in de lucht. Gelukkig zag Trouble het niet.

Ik liet zijn jas weer los. We reden door. Het gezicht van Trouble stond gespannen.

'Ik heb geld van je nodig,' zei Trouble, op een vertrouwelijke toon.

Ik zweeg om tijd te winnen.

'*Money*, Woolf,' zei hij, met het accent op *money*.

Voor ons strekte het fietspad zich uit. De Washington Bridge kwam steeds dichterbij. Het keerpunt was nog kilometers verder. Ik moest zorgen dat ik weer in de bewoonde wereld terechtkwam. Voorlopig kon ik het drukke Manhattan niet in rijden, omdat rechts van ons op West Street het verkeer in acht banen heen en weer raasde.

Trouble praatte in zichzelf, met een bozige blik. Hij graaide in zijn zak en stopte een handje pinda's in zijn mond. De helft viel op de grond.

'Ik vind je een aardige kerel, Trouble. Maar geld geven? Waarom zou ik? Ik heb trouwens bijna niks bij me. Een paar tientjes om de huur van de fiets te betalen.'

Met venijn pakte Trouble mijn arm beet. Ik weerde hem af. Onze sturen kwamen bijna in elkaar.

'Blijf van me af,' zei ik.

Trouble pakte me opnieuw beet, nu zachtaardiger.

'Mijn dochter is vandaag dertien jaar geworden. Ik wil iets kleins voor haar kopen.'

Op het Centraal Station in Amsterdam gaf ik ooit vijf euro aan een verwarde man die geld nodig had om naar zijn plotseling overleden vader te kunnen reizen. Ik geloofde hem. Een week later zag ik die man bij een andere reiziger bedelen.

'Je gelooft me niet, hè?' vroeg Trouble.

'Klopt,' zei ik.

We naderden de Washington Bridge. Ik zag hoe hoog de stalen hangbrug was. Het lawaai van het verkeer waaide onze kant op. De auto's schoven langzaam voorbij, rijendik.

Het fietspad liep onder de opgang van de brug door. Tien meter boven ons denderde het verkeer over de stalen constructie. Een hels kabaal.

Trouble spuugde pindaschilfers uit.

'*Fuck it!*' riep hij.

Hij ging voor me rijden en remde. Mijn voorwiel kwam tegen zijn achterspatbord tot stilstand. Trouble had een zenuwtrek die ik nog niet eerder bij hem opgemerkt had: hij trok zijn ogen steeds even groot.

'Je telefoon. Geef me je *fuckin'* telefoon!' zei Trouble.

Ik keek om me heen. Niemand te zien. Ik besloot te onderhandelen.

'Neem m'n geld maar. Maar laat me de telefoon houden.'

Trouble gooide zijn fiets op de grond en liep op me af. Ik

stond met de stang tussen mijn benen. Hij pakte me bij mijn shirt en kwam met zijn gezicht dicht bij het mijne. Zijn huid leek op gebruikt zwart schuurpapier.

Hij sloot zijn ogen en bleef zo voor me staan. Hij zuchtte een paar keer, liet zijn schouders zakken en trok zijn handen van me af.

'Sorry,' hoorde ik hem mompelen. En toen nog een keer, zachter. 'Sorry.'

Toen hij zich omdraaide zag ik dat zijn oogwit rood was. Breekbaar keek hij me aan.

'Wil je de telefoon pakken, Woolf? Alsjeblieft? En dit nummer voor me bellen?'

Trouble pakte zijn fiets van de grond en wees naar de fluorescerende sticker op de stang.

'En dan? Wie krijg ik aan de lijn?'

'Bel nou maar.'

De hitte was uit de lucht. Ik durfde wel te bellen.

Ik pakte de telefoon uit mijn achterzak en toetste het nummer in. Ondertussen stond Trouble me aan te gapen. Weer die zenuwtrek.

Er nam iemand op. Op de achtergrond hoorde ik harde popmuziek.

'Met Tracy Stanford.'

De opgewekte stem van een meisje en puberachtig gelach van andere meisjes.

Trouble maakte een gebaar met zijn handen, waaruit ik opmaakte dat ik iets moest zeggen. Ik wist niet wat.

'Hallo, met wie spreek ik?' hoorde ik het meisje zeggen.

'Eh, met eh... Woolf.'

Trouble kwam dicht bij me staan. 'Zeg maar dat ik eraan kom.'

'Ik moet van eh... Trouble zeggen...'

Trouble zwaaide zenuwachtig met zijn handen. 'Daddy, zeg maar daddy.'

'Eh, daddy zegt dat hij eraan komt,' zei ik.

'Met je roze fiets,' fluisterde Trouble me in. Hij kroop dicht tegen me aan om de reactie aan de andere kant van de lijn te horen.

'Met je roze fiets,' herhaalde ik.

Het bleef stil aan de andere kant. Ik hoorde alleen nog de muziek. Een hitje van Alicia Keys. De meisjes op de achtergrond giechelden niet meer.

'Hallo?' zei ik.

'*Tell the motherfucker he ain't daddy anymore*.' Daarna klonk een droge klik. De verbinding was verbroken.

Aan het gezicht van Trouble las ik af dat hij de boodschap had begrepen.

'Wat zei ze?'

'Dat je niet welkom was.'

Hij schudde met zijn hoofd en wreef ondertussen met zijn hand zijn dreadlocks plat.

'Al het vierde jaar dat ik niet mag komen,' zei hij.

Ik stopte de telefoon weer terug in mijn zak.

'Waar woont ze?'

'Ze woont ergens. Oké? Bij mijn ex.'

Hij keek omhoog, naar de onderkant van de brug. Het verkeer was vastgelopen, de auto's op de rijbaan naar Manhattan stonden bumper aan bumper.

Met een harde zet duwde Trouble de fiets van zich af.

'Wat doe je nou!' riep ik.

De fiets reed uit zichzelf rechtuit over het fietspad, zwenkte daarna naar rechts en kletterde op de grond. Trouble holde erop af en trapte een gat in de stoffen kettingkast.

Stapvoets reed ik naar hem toe en ik legde mijn hand op zijn schouder.

'Wil je dat ik nog eens bel?' vroeg ik.

Hij duwde mijn hand weg en schudde zijn hoofd.

'Nee, ze wil niet. Shit. *Tomorrow is another day.*'

Hij pulkte aan de fluorescerende sticker en bleef net zo lang krabben tot het roze van het frame zichtbaar werd. De plakkerige prop legde hij op de knokkels van zijn hand en hij schoot hem weg. Daarna zette hij de fiets overeind.

'Ik ga weer terug naar mijn bankje,' zei hij.

Ik pakte mijn portemonnee en trok een biljet van tien dollar tevoorschijn.

'Hier,' zei ik.

Trouble nam het biljet aan en kuste het.

'Dank je, aardige man.' Hij zwaaide met het biljet voor mijn gezicht en stak het in zijn broekzak. 'Voor nieuwe pinda's.'

In sloom tempo reed hij weg.

Ik vervolgde mijn weg over het fietspad onder de brug door. Het leidde naar een smal fietsbruggetje dat over de drukke West Street lag. Zo kon ik doorsteken naar Inwood. Eenmaal daar reed ik een stel blokken rechtuit tot ik bij Broadway kwam. Ik sloeg rechts af, het werd tijd om zuidwaarts te gaan. De beroemde avenue liep van The Bronx tot diep in Manhattan, als een levenslijn in een oude hand.

Van lekker doorrijden was geen sprake meer. Na iedere straat moest ik kijken of ik het stoplicht haalde. Met horten en stoten bereikte ik Harlem. Via Lenox Avenue reed ik richting Central Park. Ik passeerde een ziekenhuis. Voor de ingang zat een zwarte vrouw in een rolstoel. Ze had een blauw kapje voor haar mond, tegen de uitlaatgassen.

Gezonde free air was schaars, ook in Harlem.

Mijn tocht eindigde bij de verkeerspaaltjes die Times Square markeerden. Ik stapte af en keek om me heen. Enorme videoschermen waarop fotomodellen hun vijf meter brede monden tuitten voor een lipstick die als een raket op de lippen afvloog.

Zou Trouble alweer op zijn bankje zitten en over de Hudson uitkijken?

De schemering boven Times Square werd weggeblazen door de hoeveelheid kunstlicht. Dag was het hier, zelfs in de zwartste nachten. Was het om die reden dat mensen zich hier verzamelden, verzekerd als ze waren van licht en warmte? De gezichten om me heen kleurden rood, paars, geel, wit door de weerschijn van de videowalls.

Het dekbed van mijn hotelbed was opengeslagen. Op mijn kussen lag een in cellofaan verpakte brownie. Deze keer was de koek lichtbruin. Op de achterkant stond: THIS BABY IS A NATURAL BLONDE.

Met mijn tanden scheurde ik de plastic kleding van het blondje los en beet in haar zachte middel. Ik nam grote happen. 'Kruimels zijn voor de eekhoorns,' had Trouble gezegd.

Ik kleedde me uit en schoof mijn vermoeide benen onder de lakens.

De televisie stond op een programma waarin de politie van Manhattan invallen deed bij jonge criminelen. Met de camera in hun kielzog ramden ze deuren open. Ze sloegen jongens in de boeien en sleurden ze naar een gereedstaand busje. De jongens beloofden de politie hun leven te beteren. Morgen al. Ik zag dat ze logen.

Tomorrow is another day.

Kramp

Onder de tafel probeerde ik mijn vingers uit nieuwe wielerhandschoenen te wurmen. Ik had het paar via internet besteld en op het formulier *medium* aangevinkt. Drie dagen later had de koerier een pakketje bij me thuis afgeleverd. De witte handschoenen waren gemaakt van mals leer, met uitsparingen voor de knokkels. Ze zaten strak, als een tweede huid. Ik kreeg ze niet makkelijk uit.

Zonder het kopje beet te pakken slurpte ik van het melkschuim.

'Te heet?' vroeg de serveerster.

'Nee, perfect.'

Ze liep naar een volgend tafeltje. Het was de eerste warme voorjaarsdag, er zaten veel mensen op het terras in Noordwijk.

Eindelijk, ik had de handschoenen uit en mijn vingers vrij om ze door het oor van het koffiekopje te steken. Ik nam een grote slok. Koffie maakte de dag. Zonder koffie was ik geen mens. En al helemaal geen fietser.

Cafeïne. Te veel is verboden voor een renner.

De Italiaanse coureur Gianni Bugno werd ooit betrapt op het gebruik van cafeïne. Woedend was hij geworden op de dopingcontroleur. 'Ik ben Italiaan. Je weet toch dat wij veel espresso drinken?' verweerde hij zich. 'Maar geen duizend per dag,' zei de controleur met een buisje geteste urine in zijn hand.

Ik had met Bugno meegeleefd. Cafeïne is toch geen doping? Koffie behoort tot de standaardverzorging van de fietser. En is bovendien goed voor de stoelgang. Koffie is net zo belangrijk als pasta, water, gel met eiwitten, isotone dorstlessers, mueslirepen, bananen en rijsttaartjes.

Met een lepeltje schepte ik het achtergebleven schuim uit het kopje en keek naar het strand. Een stel surfers trok wetsuits aan. Een van de jongens controleerde de onderkant van zijn board en gooide het ding in de golven.

Ik rekende mijn koffie af.

'Vandaag weer naar Scheveningen zeker?' vroeg de serveerster.

'Precies.' Ik stak mijn vinger in de lucht. 'Heen wind mee, terug tegen.'

Op de boulevard was het druk met auto's en bussen. Na vijftig meter slalommen sloeg ik rechts af het fietspad op. Daar begon mijn parcours door de duinen. Ik schakelde, mijn ketting viel op het grootste tandwiel. Even moesten mijn benen wennen aan de tegendruk. Ik ging staan en trok mezelf in gang.

Het was een ideale lentedag om diep te zitten en zo hard mogelijk te fietsen. Het kilometertellertje op het stuur liep op. Mijn banden zoemden over het oude asfalt. De teller bleef hangen rond de 45 kilometer per uur. Hard, voor mijn doen. Op sommige plekken had de wind fijn duinzand op het pad geblazen. Uitkijken dat ik niet zou slippen.

Ik snoot mijn neusgaten een voor een leeg en snoof de zilte lucht op. Een verademing in vergelijking met de vervuilde lucht in de stad. Ik schatte dat ik al op 90 procent van mijn kunnen reed. Als een tijdrijder zou ik een race tegen de klok rijden. Heen en weer naar Scheveningen kostte me meestal anderhalf uur. Diep voorovergebogen keek ik voor me uit. Er was niemand te zien op het pad. Ik spuugde slijm uit. Perfect. Mijn ademhaling was nu vrij. De mens als machine: een luchtpomp, olie, een tank vol benzine, een motor, radertjes, schroefjes. Alles functioneerde, zeker met wind mee.

Pas na vijf kilometer fietsen zag ik een eerste tegenligger op het pad. Een stroef bewegende man met stokken. Nordic walking. Welke idioot had die vrijetijdsbesteding voor senioren naar Nederland gehaald?

De man leek bang dat ik hem zou raken. Hij schudde zijn hoofd.

'Nou nou!' hoorde ik hem roepen toen ik voorbijraasde.

'Fietspad!' riep ik terug.

Ik begon aan een licht glooiend stuk. Mijn voorwiel zoemde harder toen het asfalt even wat ruwer werd. Het pad zag ik onder me door flitsen. Ik hoefde nog steeds niet terug te schakelen, met wind mee kon ik op souplesse fietsen. Pas verderop zou er een flinke klim tegen een duin komen.

Ik keek omhoog en zag een stel kokmeeuwen met me mee vliegen. Ze hoefden minder inspanning te leveren dan ik. Met gespreide vleugels lieten ze de wind het werk doen. Verwachtten ze dat ik ze korsten brood zou toegooien, verwend als ze waren met het overtollige voedsel dat de badgasten achterlieten?

De meeuwen kwamen zo dichtbij dat ik hun zwarte koppen zag bewegen. Teleurgesteld dat ik niets bij me had, draaiden ze zich om en klapten met hun vleugels fel tegen de wind in. Die tegenwind had ik nog tegoed, als ik bij de watertoren in de duinen van Scheveningen zou omdraaien. Er was niets mooiers dan door de duinen met wind mee te denderen. Even hield ik op met trappen en schudde mijn benen los.

Naast me op de weg schoof een schaduw in beeld. Ik herkende de vorm van een helm. Niet omkijken. Hoelang reed de fietser al achter me? Ik bleef diep zitten en hield de hoge snelheid aan. Wanneer zou hij me passeren? Of verwachtte hij een teken om de koppositie te moeten overnemen? Een echte wielrenner zou één keer met zijn elleboog naar buiten bewegen. Knechten konden het goed, vooral als ze lange tijd hard op kop hadden gereden voor de sprinter van hun ploeg.

Als hij achter mijn rug bleef zitten, wist ik dat hij blij was dat hij mijn tempo kon volhouden. Ik keek nog eens naar de schaduw naast me. De vorm verraadde dat de fietser in een aerodynamische houding zat. Profs deden tegenwoordig een test in de windtunnel om te zien wat de ideale zit was. In een afgesloten ruimte werd gekleurde wind op hen geblazen terwijl zij pedaleerden. Alles werd gefilmd. Zo konden de renners achteraf zien waar het lichaam te veel weerstand bood. Misschien moesten de armen toch iets meer onder de borstkas, het hoofd nog iets meer tussen de schouders. Wielrennen werd steeds wetenschappelijker benaderd. Ik snapte die aanpak wel, tijdritten werden op tienden van seconden beslist. En toch hield ik meer van de oude stijl: trappen, pijn lijden, volhouden.

Daar kwam de scherpe bocht al aan. Ik kende het duinparcours uit mijn hoofd. Hoe vaak had ik het al niet gefietst? Het was de ideale route om in het voorjaar de kracht in je benen te vergroten. Na die bocht zou er een hoog duin komen. Ik legde mijn handen alvast op het stuur om beter te kunnen trekken bij de klim.

Ik reed nog steeds in stevig tempo door. Toch moest ik na de eerste meters naar een lichter verzet schakelen. Mijn snelheid liep terug naar 30 kilometer per uur. De schaduw van mijn volger zat nog steeds op dezelfde plek, zag ik. Zou hij tot aan de top van het duin achter me blijven zitten?

Wieltjesplakkers. Ik haatte die figuren.

Nee, daar kwam hij. Vanuit mijn ooghoek zag ik links van me een voorwiel verschijnen, eerst de schaduw, daarna het wiel zelf. Mijn volger ging overnemen. Na het voorwiel kwam het frame in beeld. Ik keek opzij. SPECIALIZED, las ik op de rode buis. Goed merk.

Een jongen reed me in hoog tempo voorbij. Ik moest alle zeilen bijzetten om niet meteen gelost te worden. Door een paar flinke trappen kon ik nog net aan zijn achterwiel blijven kleven. Ik had uitzicht op lange gebruinde benen, witte sokjes, witte schoenen. WIELERCLUB KATWIJK, stond er op zijn rug. Uit de mouwen staken jongensachtige bovenarmen met donshaar. Zijn rug begon breed maar eindigde in een wespentaille. Hoe oud was deze fietser? Als ik dat wilde weten moest ik hem passeren om hem nog eens goed in zijn gezicht te kijken. Ik schatte dat het nog ongeveer vijftig meter naar de duintop was. Nee, ik moest achter hem blijven. Hier passeren stond gelijk aan sportieve zelfmoord.

Toen de jongen vlak voor de top op zijn pedalen ging staan, keek ik naar zijn smalle achterwerk dat boven het zadel hing. De meeste kracht leek uit zijn bovenbenen te komen, ze gingen als hefbomen op en neer. Ik beet op mijn tanden om zijn tempo te kunnen blijven rijden. Mijn ademhaling ging snel, té snel, maar ik moest hem bijhouden. Van de souplesse was weinig meer over, ik wrikte met mijn fiets. Mijn voorwiel zat op twintig centimeter van zijn achterwiel. Dertig centimeter. Niet opgeven. Ik schakelde lichter om in een sneller beenritme te kunnen trappen. Het hielp niet. Er zat intussen een meter ruimte tussen ons. Twee meter. Drie.

Ik moest hem laten gaan.

Boven op de duintop hapte ik naar adem. Mijn benen voelden opgeblazen. De jongen had zonder bij te trappen de afdaling genomen en lag een flink stuk voor. Ik had dit keer geen tijd voor het schitterende uitzicht over het duinlandschap. Het was knokken om bij het achterwiel te komen. In het laatste stuk van de afdaling zat ik weer achter de jongen. Mijn ademhaling bleef kort, ik piepte als een motor met lekke zuigers.

De jongen had nog niet één keer omgekeken.

Ik keek naar mijn schaduw. Mijn vervormde hoofd reisde mee onder zijn pedalen. Vermoedelijk had hij in de gaten dat ik weer dicht achter hem reed.

Er kwam een vlak stuk. Dit was het moment om naar een zwaarder verzet te schakelen.

Kom op, spoorde ik mezelf aan.

Ik stuurde naar links en reed meteen vol in de wind. De jongen keek naar zijn pedalen. Hij moest zien dat mijn schaduw naar voren opschoof; voor hem het sein om harder te gaan rijden. Zijn gladde kuiten spanden zich. Ik schakelde nog een tandje zwaarder en ging diep vooroverzitten. Tevergeefs. De jongen reed met een losse tred weer bij me vandaan.

De afstand tussen ons was in een paar seconden tijd twintig, dertig meter. Dit was onmacht. Ik baalde ervan. Een konijn met kale plekken op zijn vacht schoot over het pad en zigzagde de duinen in.

Ik probeerde het tempo hoog te houden. Intussen hield de jongen zijn benen stil. Met moeite kon ik weer bij hem aansluiten. Hij keek niet om en gunde me geen seconde rust. Zodra hij doorhad dat mijn voorwiel in de buurt van zijn achterwiel kwam, voerde hij het tempo weer op. Ik vervloekte mijn schaduw. Verrader.

Ik was de speelbal van een snotneus. Dit kon ik niet op me laten zitten. Toen hij een slok uit zijn bidon nam, zag ik mijn kans schoon. Met alle kracht in mijn lijf achter zijn rug vandaan. Nog een paar trappen en ik zou zien hoe oud hij was.

De jongen deed zijn bidon terug in de houder. Mijn schouders gingen heen en weer. Centimeter voor centimeter kroop ik dichterbij. Nog een paar harde slagen met de pedalen.

Eindelijk, ik reed naast hem. De jongen keek opzij, met een zijige glimlach. Een pubergezicht, blauwe ogen, vlezige lippen en een blos op zijn wangen.

'Hoi,' zei ik.

Hij knikte me toe.

'Scheveningen?' vroeg ik hijgend.

'Ja. Heen en weer. Lekker trainen. Gaat u ook die kant op?' Door zijn plaatjesbeugel glipten de woorden nattig uit zijn mond.

Ik knikte en spuugde tegelijkertijd. 'Hard,' hijgde ik vaderlijk. 'Jij.'

'U ook wel, hoor.'

U. Dat klonk netjes.

'Hoe oud... ben je?'

'Vijftien.'

'Echt?'

'Ja, ze schatten me altijd ouder. Ik ben groot en zwaar voor mijn leeftijd. Er mag nog wel een kilo af.'

Zijn benen leken aangedreven te worden door een computergestuurd motortje. Hij reed in een razend ritme. Ik keek op mijn teller, 51 kilometer. Zo hard had ik nog nooit gereden in een ritje tegen de klok.

'Al veel gefietst?' vroeg ik.

'Ik rijd zo'n twintigduizend kilometer per jaar.'

Ik dacht aan de schamele drieduizend kilometer die ik eind vorig jaar op mijn teller had staan.

'Ik ben clubkampioen bij de nieuwelingen.'

'Goed, zeg.'

Er kwam weer een hoog duin in zicht. Zonder iets te zeggen wees ik ernaar.

'Gaat u maar voorop,' zei de jongen.

Ik ging op de pedalen staan en reed hem voorbij. Door het gesprekje was ik nog meer gaan hijgen. Zitten. Ademhaling reguleren. Via de neus in, via de mond uit. Het werkte niet. Ik zat achter mijn adem, zoals sporters dat noemen.

De eerste meters op het duin verzette ik me tegen het zakken van mijn tempo. Waarom zou ik opgeven? Omdat hij jonger was? Leeftijd zei niet alles. De Duitse profrenner Jens Voigt was veertig jaar en reed nog fanatiek voorop in kopgroepen. Er zat nog geen sleet op het lijf. Hij had zes kinderen. Waarmee het gerucht dat je door te veel fietsen onvruchtbaar zou worden meteen was ontzenuwd. Mijn ademhaling was nog steeds snel en onregelmatig. Het gaf niet. Het was juist spannend om de noodsignalen van het lichaam af en toe te negeren. Ik was niet van de generatie die met een hartslagmeter fietste en al in paniek raakte als ze in 'het rood' terechtkwam.

Het rood is de zone waar de strijd pas losbarst. In het rood wordt het kaf van het koren gescheiden. Wie lang in het rood kan rijden heeft een sporthart.

Links, rechts. Niets te zien. De schaduw van de jongen was weg. Ik keek om. De jongen reed twintig meter achter me met de handen op het stuur. Had hij geen puf meer? Zie je wel? Leeftijd, het aantal gereden trainingskilometers: het vertelde niets over wie er sterker was. Het kwam bij wielrennen uiteindelijk aan op vechtlust.

Nog honderd meter en ik bereikte als eerste het hoogste punt van het duin. Ik zou rechtop gaan zitten, het shirt netjes rechttrekken en met twee handen zwaaien naar het helmgras alsof het duizend juichende fans waren.

Achter me klonk het zuigende geluid van banden op asfalt. Voor ik kon omkijken zoefde de jongen aan me voorbij. Staand op zijn pedalen draaide hij met machtige halen een groot verzet rond. Bij iedere omwenteling reed hij een paar meter bij me vandaan.

Ik ging op mijn trappers staan. Een, twee, drie, vier harde pedaalslagen. Het leek erop dat de jongen niet verder uitliep. Volhouden. Daar was het gepiep in mijn longen weer. Ik kwam iets dichterbij.

Een pijnscheut in mijn rechterkuit. Alsof mijn spier van binnenuit hardhandig werd weggezogen. Vloekend ging ik zitten en hield mijn pedalen even stil. De jongen gooide zijn fiets in een ontspannen cadans heen en weer. Hij liep meters uit.

Ik ging weer staan.

Na de eerste harde trap voelde ik weer een scheut. Terwijl ik met mijn linkervoet hard naar beneden trapte om vaart te houden, trok ik mijn rechter los van het pedaal. In een poging van de kramp af te komen ging ik zitten.

Hiel omlaag, tenen omhoog. Het had weinig effect. Mijn fiets zwenkte naar links.

Er was geen redden meer aan. Ik trok mijn andere voet los, remde en kwam tot stilstand in het duinzand.

Terwijl ik met mijn duim hard op de bal in mijn kuit duwde, keek ik voor me. De jongen had de top van het duin natuurlijk al bereikt. Hij ging op zijn zadel zitten en verdween uit beeld.

De egoïst.

Vooroverhangend op het stuur hijgde ik uit. Ik was te moe om mijn bidon te pakken en strompelde verder de berm in. Verslagen staarde ik voor me uit. Verderop slenterden twee dames in korte broek door de duinen. Was een van hen mij nu aan het bespieden met haar verrekijker? Ik ging snel rechtop staan. De andere vrouw wees. Niet naar mij, maar naar het duin achter me. Ik keek om en zag een fazant met snelle fladderpassen door het gras hollen. Hij verschanste zich in een stel dichte struiken.

Het had weinig zin om verder te fietsen; dan zou de bal weer terugkomen in mijn verzuurde kuit. Mijn benen voelden loodzwaar. Gevuld met beton.

Stram kroop ik op de fiets en reed zonder te trappen het duin af. Eenmaal beneden sloeg ik bij een paddenstoel met STRAND 0,5 KM erop rechts af. Ik had daar bij een eerdere tocht op een bankje uitgerust. Aan de koeler wordende wind merkte ik dat ik in de buurt van het strand kwam. De weg ging licht omhoog. Als kind vond ik het een magisch moment wanneer je tussen twee duinen door langzaam de blauwe strook omhoog zag komen. Nu was ik te moe om van het uitzicht op zee te genieten.

Aan de voet van de strandopgang stapte ik af. Ik zette mijn fiets tegen een vuilnisbak en ging op het bankje zitten. Mijn hoofd lag in mijn handen. Tussen mijn schoenen lagen lege schelpen in het zand.

Langzaam kwam ik omhoog. Door me uit te rekken kon ik net mijn bidon uit de houder trekken. Gulzig dronk ik hem leeg terwijl de zonnestralen mijn benen verwarmden. Ik masseerde mijn kuiten. Ze werden alweer zachter.

Frituurdamp waaide mijn kant op. Nu pas zag ik dat tegenover het bankje een houten viskraam stond. Een oud stelletje wachtte op hun bestelling. Ze waren op de elektrische fiets.

Ik wachtte tot de man en vrouw vertrokken waren en liep stram naar de kraam. Een man stond met zijn rug naar me toe. Hij roerde met een grote zeeflepel door het vet.

Vet eten combineerde niet met serieus fietsen. Ik wilde in de zomer in perfecte conditie zijn om bergen te bedwingen in Frankrijk en Italië.

In de vitrine lag haring. Met de kop eraf, de huid voorzien van een lichte glans, netjes schoongemaakt.

De man gooide gefrituurde vis in de uitlekbak. Hij draaide zich naar me toe.

'Meneer, zeg het eens?' zei hij, met een smakelijk Haags accent.

'Een broodje haring graag.'

'Gaan we doen.'

Hij sneed een wit kadetje door, smeerde roomboter met een lepel op beide kanten en legde er een haring tussen. Sappig roodbruin vlees.

'Uitje?'

'Doe maar, ja.'

'Plakje augurk?'

'Nee, dank u.' Ik moest er niet aan denken.

De man legde het broodje op een servetje op de smalle toonbank boven de vitrine. 'Nog iets om door te smeren?'

Water, wilde ik antwoorden. Altijd maar water, water, water. Nee, deze keer had ik behoefte aan suiker.

'Doe maar een cola,' zei ik.

De man zette het blikje naast het broodje. Het blikje siste toen ik het opentrok. Ik nam een paar teugen.

'Je ziet er gesloopt uit, kerel.'

Mijn hoestje speelde weer op. Ik schraapte mijn keel. 'Ik heb lekker doorgefietst, ja.' Ik spuugde wat slijm weg, naast de viskraam.

'Leg het daar maar neer,' zei de man. Hij haalde een doekje uit een mayonaise-emmer waar een sopje in zat en maakte de rand van de frituuroven schoon.

Gretig beet ik in het broodje.

'Zie je niet veel, een wielrenner die in een broodje haring hapt.' De man spoelde het doekje uit.

'Het is eigenlijk te vet,' zei ik.

De eigenaar trok zijn smerige overhemd omhoog en sloeg met de vlakke hand op zijn pens. 'Vet is belangrijk voor de ontwikkeling van je hersens. Kijk maar.'

'Te veel vet is niet gezond,' zei ik.

'Ach, gezond, gezond. Meneer, ik ben vierenzestig. Ik zuip en eet alles en ik voel me kiplekker.'

Mijn mond was leeg.

'En sporten?' vroeg ik.

'Ik heb een reet om op te zitten.'

Het blikje cola was nog voor de helft vol. 'Wat krijgt u van me?'

'Zes eurootjes.'

Ik gaf de man een briefje van tien euro. Hij pakte het aan, zocht onder de toonbank en gaf vier euro terug.

'Wacht even.' De man pakte een plastic bakje en vulde het met gebakken kibbeling. In het zijvakje goot hij een witte saus. 'Hier, volgens mij kan dit er nog wel bij.'

Ik hoestte nog eens diep en voelde de lucht schuren in mijn luchtpijp. 'Dat is aardig. Lekker.'

Ik doopte een nog warm stuk kibbeling in de saus en stopte het in mijn mond. Wat zeurde ik toch altijd over vet?

'Ik zeg altijd: geniet van het leven, het duurt maar even.'

Het halve blikje cola stond nog op de toonbank. Ik pakte mijn bidon en goot het restant erin.

De tegenwind blies in mijn gezicht toen ik het fietspad terug naar Noordwijk nam. Naar Scheveningen wilde ik niet meer. Om meer lucht te krijgen ging ik iets rechter zitten. Mijn kuiten schreeuwden om een kussen van velours waarop ze in slaap konden dommelen.

Ik had nog twintig kilometer voor de boeg. Het eerste duin reed ik met een verzet waarmee ik normaliter bergen beklom. Ik schaamde me voor mijn tempo.

Moedeloos schakelde ik een verzet lichter. Nog een tandje. Ik overwoog af te stappen en de fiets verder omhoog te duwen. De lol was eraf. De smaak van de saus kwam terug in mijn mond.

Ik nam een slok cola uit mijn bidon, maar bleef de saus proeven. Zurig.

Achter me hoorde ik schakelgeluiden. Voor ik kon omkijken voelde ik een gespreide hand op mijn rug.

'Blijf zitten!'

Ik keek om. Het was de jongen van fietsclub Katwijk. Mijn kilometerteller ging in korte tijd van 15 naar 25. 'Hoeft niet, hoor,' riep ik.

De jongen moest aan mijn gezicht gezien hebben dat ik loog. Terwijl hij duwde, trapte hij stevig door. Mijn gewicht leek hem niet te deren. Ik trapte in het luchtledige, als een peuter op zijn kinderfietsje naast zijn vader.

De top van het duin kwam in zicht.

'Sorry,' zei ik.

'Geen probleem. Dit is een goede krachttraining voor me.'

Geduwd worden tijdens een klimmetje van niks. Ik voelde me machteloos. Zo moest een oude man in een rolstoel zich voelen.

Tijdens de Tour de France is het verboden om je te laten duwen. Tijdens zware bergetappes gebeurt het toch. Wielrenners smeken met hun ogen. '*Poussez!*' Zodra fans beginnen te duwen, moeten renners kenbaar maken dat het niet toegestaan is. Volgwagens met juryleden zijn nooit ver weg.

We reden over de top. In de verte zag ik de bebouwing van Katwijk liggen. Ik ging naast de jongen rijden.

'Merci,' zei ik.

Hij knikte. Ik was oefengewicht voor hem geweest. Een man van zeventig kilo was gebruikt om de dijen van een frisse jongen op te pompen. De jonge Katwijker drukte een knopje in op zijn stuurcomputer. 'Gemiddeld wattage 340, hartslag 140. Kicken.' Het was abracadabra voor me. Watt hoorde bij het taalgebruik van een verkoper van gloeilampen. Naast elkaar reden we over het pad het hoge duin af. De jongen schudde zijn dijbenen los.

'Gaat het?' vroeg hij.

'Jawel.'

Hij trok een flacon met gel uit zijn achterzak, scheurde hem met zijn tanden open en spoot de inhoud in zijn mond. Hij leek genoeg energie en kracht te hebben om nog tien keer heen en weer van Katwijk naar Scheveningen te rijden. De lege flacon verdween in zijn achterzak.

De jongen ging steeds harder rijden. Ik probeerde zo ontspannen mogelijk uit mijn ogen te kijken en hem te volgen. Zonder liegen en bedriegen kom je niet ver als wielrenner. Je nooit in je kaarten laten kijken.

De jongen kletste voor zich uit. 'Ik train volgens de schema's van mijn stiefvader, die is bloedfanatiek. We fietsen altijd samen. Maar hij heeft griep.'

Ik knikte. 'Word je prof?'

'Ik hoop het wel.'

Mijn kuit speelde weer op. De kramp was niet ver weg.

'Welke koers wil je winnen?'

'Het liefst de Ronde van Vlaanderen.'

'Ah, mooi, is ook mijn favoriete wedstrijd.'

'Maar ik mag niet fietsen op zondag. We zijn thuis gereformeerd. Waar fietst u heen?'

'Noordwijk.'

'O, klein stukkie nog. Zes kilometer. Ik ga hier de duinen in. Onverhard pad naar Katwijk. Flink doortrappen.'

De jongen sloeg af, schakelde zwaarder en begon te beuken op zijn pedalen.

'Train ze!' riep ik hem na.

De jongen stoof het steile schelpenpad op en verdween opnieuw uit beeld.

Ik was alleen met de tegenwind. Mijn tempo zakte snel. Vijfentwintig, tweeëntwintig. Onder de twintig schaamde ik me voor mijn conditie. Negentien. Ik zette kracht. Heel even eenentwintig. Daarna zakte het metertje weer. Negentien. Vechtend tegen de wind zwalkte ik over het pad. Een groepje fietsers reed me hard voorbij.

Noordwijk. Waar bleef de badplaats? Ik nam een slok uit de bidon en schrok van de colasmaak. Zouden de suikers goed werk doen in mijn gestel? Iedere omwenteling viel me zwaar. Ik begon over de weg te slingeren. Een tegenligger op de fiets kon me ternauwernood ontwijken. Hij moest een stuk door de berm.

'Klootzak!' riep hij.

Als excuus stak ik mijn hand een stukje omhoog. Ik ging weer uiterst rechts rijden en nam opnieuw een slok. Daar was het hijgen weer. Ik liet een lange, vieze boer. De smaak van vis en cola, met saus.

Vlak voor de afslag naar Katwijk lag een hoog duin. Negentien kilometer per uur. Achttien, zeventien. Ik ging op mijn pedalen staan en duwde ze naar beneden. Als ik geen spierkracht meer had, dan maar gebruikmaken van mijn lichaamsgewicht.

Doorbijten. De duintop leek niet dichterbij te komen. Zuur in mijn mond. Ik zette nog meer kracht, ging met mijn bovenlijf over mijn stuur hangen. Een scheut in mijn kuit. Dit moest er afzichtelijk uitzien. Profs dansen op een helling, dit was strompelen.

Ik schoot met mijn voorwiel naast het pad. Mijn rechtervoet landde in een laag zacht stuifzand. Om te voorkomen dat ik viel trok ik mijn andere schoen ook los. Hijgend stond ik stil. Opnieuw moest ik slikken.

Zoveel zuur.

Diep van binnen kwam een golf aanrollen. Ik ging over mijn stuur hangen, sperde mijn mond open. Haring en kibbeling in een bruine plas cola.

Rillerig kwam ik overeind. Weer een stuwende beweging in

mijn middenrif. Weer een golf, minder lang. Het venijnige zuur prikte in mijn slokdarm en keel.

Ik voelde me leeg en toch ging het beter.

Boven het duin zweefden kokmeeuwen tegen de wind in. Ze hingen bijna stil. Hadden ze met hun satanische gekerm trek in uitgekotste vis?

De top was dichterbij dan ik dacht. Met de fiets aan de hand was ik omhooggewandeld. Ik stapte weer op. Door de tegenwind moest ik blijven trappen. Het lukte, met mijn lichtste verzet.

Toen ik het plaatsnaambordje van Noordwijk was gepasseerd, wreef ik over mijn gezicht. Rustig reed ik vanuit de duinen de boulevard op. Ik had het gehaald. Met moeite kreeg ik mijn schoenen los van de pedalen. Terwijl ik stapvoets reed, schudde ik met mijn benen. Ze bleven stram aanvoelen.

Daar was het terras al. Ik stapte af en zette mijn fiets tegen de glaswand.

In een hoek vond ik een tafel waar ik lekker beschut zat. Ik deed mijn helm af en zuchtte diep. Mijn strakke handschoenen zou ik later wel uittrekken.

De zee was wilder geworden, zag ik aan de witte koppen van de golven. Handig manoeuvrerend dreven surfers richting het strand. Pas op het laatste moment sprongen ze van hun board af.

De serveerster zag me zitten en kwam met een vrolijke blik naar mijn tafeltje.

'Appeltaart en cappuccino?' vroeg ze.

'Alleen water graag.'

Ze keek me verrast aan.

'Moet je niks eten vandaag?'

'Nee, water is prima.'

'Water. Gezellig.' Ze liep de strandtent in.

Twee surfers zetten hun board naast mijn fiets en gingen aan een tafeltje zitten. Ze trokken de ritsen van hun wetsuits tot aan hun navel open. Geschoren borsten, een van hen had getraind voor een sixpack. Ze knikten me vriendelijk toe.

Ik trok mijn wielershirt dicht.

'Je watertje,' zei de serveerster. Ze liep meteen door naar de twee surfers om de bestelling op te nemen.

Terwijl ik een slok nam, zag ik dat het zuur had ingebeten op mijn witte handschoenen. Ik wreef er met mijn duim over. Het hielp niet.

Voortaan reed ik met gele vlekjes in het leer.

Montalto

De kerktoren van het dorp werd aan het zicht onttrokken door cipressen, die als lange, groene veren op de heuvel prijkten.

In het hotel had ik de route op de kaart bestudeerd. Door het weggetje waren minuscule pijltjes gedrukt. Eén pijltje betekende dat het weggetje daar steil was, twee pijltjes nog steiler, en met drie pijltjes wist je dat het stijgingspercentage tot 20 procent kon oplopen.

Met mijn handen op het stuur begon ik aan de klim. De eerste kilometers bleef de stijging gelijkmatig. Al snel kwam ik in een ritme.

Het kerkhof naast de kerk was mijn doel. Daar lag een familielid van Enzo Scorpio, mijn jonge leraar Italiaans in Rotterdam. Telkens wanneer Enzo hoorde dat een van zijn studenten in de buurt van het Noord-Italiaanse dorpje op vakantie ging, vroeg hij om een bescheiden dienst: het graf schoonmaken van zijn oom Gianluca Tassato. Hij had me verzekerd dat het een klusje van niks was. Je was er een kwartier mee kwijt, meer niet. Enzo vond het plezierig dat het graf van zijn oom er weer netjes bij zou liggen. Hij kwam zelf al jaren niet meer in Montalto.

Ik reed op een haarspeldbocht af. In de berm van de bocht verscheen een blauw bord dat flets was geworden door het zonlicht. Er zat een knik in het metaal. Ik draaide al fietsend mijn hoofd om te kunnen lezen wat erop stond. Eerst ontcijferde ik MONT, daarna ALTO.

MONTALTO.

Enzo was een stille jongeman. Zo'n tien jaar geleden, op zijn vijftiende, was hij naar Nederland gekomen. Zijn ouders waren in het centrum van Rotterdam een speciaalzaak in Italiaanse wijn en kaas begonnen. Enzo ging naar de internationale school in Den Haag. Na zijn middelbare school was hij cursussen Italiaans op de Volksuniversiteit gaan geven. Na twee jaar taalles wist ik nog steeds niets van hem. Altijd maar knipperen met die vriendelijke ogen. Enzo stond schuchter in het bestaan.

Het was een klim van vier kilometer. Aan het einde zou de weg doodlopen, had ik op de kaart gezien. Door de opeenvolgende bochten was ik het zicht op de top kwijtgeraakt.

Twee pijltjes. Ik merkte het aan de spanning in mijn kuiten. Dit was een steiler gedeelte. Ik bleef op mijn pedalen staan totdat het weer wat vlakker werd. Ter hoogte van een verzakte boerderij lag er een platgereden egel op het asfalt. Een deel van de stekels stond nog overeind, de rest lag als kapotte naalden op het asfalt.

In de laatste kilometer zaten twee steile stukken. Ik moest weer uit het zadel om voldoende tempo te houden. Dit was het zwaarste deel van de klim. Drie pijltjes, op zijn minst.

Het asfalt ging over in grote, afgevlakte stenen. De weg werd minder steil. De eerste huizen van het dorp kwamen in zicht. Op een ladder pleisterde een werkman de muur van het laatste huis. Toen hij me zag zwoegen, riep hij iets onverstaanbaars. Met een van pijn vertrokken gezicht lachte ik hem toe.

Om bij te komen van de inspanning draaide ik een rondje op het centrale pleintje van Montalto. Op een van de hoeken was een bar. Er stonden twee terrastafels met stoelen in de brandende zon. Er zat niemand.

Ik reed naar het einde van het weggetje en kwam zo uit bij de kerk. Ik zette mijn fiets tegen het entreegebouwtje van het kerkhof, trok mijn bidon los en vulde die met water dat uit een roestige kraan stroomde.

Het ommuurde kerkhof was niet groot. Er waren vier parallelle paden die langs de graven leidden; veelal sobere stenen, af en toe een protserige familietombe.

Tassato. Die naam moest ik vinden. Enzo had de locatie omschreven, maar ik was zijn aanwijzingen vergeten.

Ik liep het eerste pad aan de linkerkant af. Automatisch vertraagde ik mijn pas. Bij de dood hoort een ingetogen tempo. Ik dacht terug aan de begrafenis van mijn vader, een paar jaar geleden. Het was een steenkoude winterdag geweest. Op de radio sprak de weerman 's ochtends van een 'gevoelstemperatuur' van min twintig. Er stond een wind die erin slaagde door alle kledingstukken heen te blazen. De begrafenisondernemer twijfelde of wij familieleden de kist vanuit de lijkauto naar het graf moesten dragen. De begraafplaats was nogal glad. We negeerden zijn bezwaren. Mijn vader was een diepvriesgroothandelaar geweest. Dit was de temperatuur van zijn vriescellen. Een mooier eerbetoon was er niet. Met lichte tegenzin gaf de begrafenisondernemer toestemming. Hij en zijn drie collega's liepen met hun handen gestrekt naast ons mee. Alsof er ieder moment een stapel servies kon omvallen. Ik herinnerde me het tempo waarin ik toen liep. Voetje voor voetje. Evenwicht zoekend op de bevroren kiezels, met een deel van het gewicht van mijn vader op mijn linkerschouder.

Piano, piano.

Er hing een zoete geur op het kerkhof. De geur van oud fruit. Achter de muur was een boomgaard, in de volle bomen zag ik appels hangen. Twee rijen verder hurkte een jonge vrouw bij een graf. Ze haalde bloemen uit een veldboeket en zette die in een stenen vaas, die onderdeel uitmaakte van een ornament van het graf. Om het hoofd van een marmeren engeltje hing een ketting van boterbloemen. Ze keek op toen ze me hoorde lopen. Een mooi breed gezicht, donkere ogen die diep in de kassen lagen, bruin, loshangend haar. Ik knikte vriendelijk en wendde mijn gezicht af. Ik moest me niet bemoeien met het verdriet van een onbekende.

Met mijn bidon in de hand liep ik langs de graven. Jong en oud lagen naast elkaar. Gianni Vernasco, een jongetje van 2 jaar, in 1967 overleden. De sobere, betonnen steen brokkelde af aan de zijkanten. Stefania di Luca, 101 jaar, samen in het graf met Giorgio Dancelli, 93 jaar; Stefania was nog een tijd alleen geweest voor ze weer verenigd was met haar man.

Tassato.

Gevonden.

Het was het laatste graf links, voordat een muur een einde maakte aan het pad. GIANLUCA MARIA TASSATO, 4 FEBRAIO 1937 – 16 SETTEMBRE 2002. Op de grafsteen zat een ovaaltje bevestigd met een zwart-witfoto erin. De oom van Enzo leek een jaar of vijftig en lachte in de lens. Linksboven miste hij een hoektand.

Op zijn grafsteen lagen neergeplofte, bedorven appels. Er had een bombardement van fruit plaatsgevonden. Duizenden mieren marcheerden in lange rijen gedisciplineerd af en aan. Vanuit het hart van de zwartbruine appels liepen de beestjes tussen de gegraveerde letters naar beneden en ze verdwenen via een gaatje in de droge aarde uit beeld.

'Nou, Gianluca, even je slaapkamer een grote wasbeurt geven,' mompelde ik.

Ik zette mijn bidon op de grond, pakte een losse tak met bladeren eraan en begon de rotte appels van het graf te vegen. De mieren schoten alle kanten uit. Met de bidon spoot ik de plakkerige plekken van het graf.

'Die appels, *un disastro*.'

De jonge vrouw had een lage stem. Ik had haar niet horen aankomen.

Haar handen waren vuil, een grondkleur vermengd met groene strepen van het verse veldboeket.

Ik drukte het tuutje van mijn bidon naar binnen. Hij zat nog halfvol, schatte ik.

'De kerk heeft de eigenaar van de boomgaard gevraagd om de takken die over de muur hangen te snoeien, maar nee. Bent u wielrenner?'

'Nee, ik ben een toerist uit Nederland.'

'Waarom dat shirt met ITALIA erop?'

Laconiek haalde ik mijn schouders op. 'Ach, dit land, de sfeer, de taal. Eh, de vrouwen.'

In haar lach zat een repeterend hikje. Haar voortanden stonden perfect in het gelid.

Ze schopte met haar witte Nikes een rotte appel weg die met een droog geluid tegen de achterkant van een zerk belandde. Er vormde zich een wolk van stuivende schimmel.

'Eerder in het seizoen hou ik van die appels. Dan neem ik ze mee naar huis en maak ik taart. Een harde bodem, met daarbovenop appels, die na een uurtje in de oven zo zacht worden als dikke jam. Maar in deze tijd haat ik ze. Er valt niet tegenop te poetsen hier.'

Ik keek om me heen. Overal op de grafstenen in de buurt van de muur lagen appels. Er klonk geritsel. Onder het graf van Tassato schoot een salamander weg tussen bladeren.

'U bent de tweede schoonmaker deze zomer. Twee weken terug maakte een stel dit graf schoon. Ze kwamen ook uit Nederland. Ik heb ze zelf niet ontmoet, ik hoorde het in het dorp. Bent u hier via Enzo?'

'Ja. Ken je hem?' vroeg ik.

De vrouw rolde een kiezelsteen onder haar voetzool heen en weer. 'Ja. Enzo. Hij woonde hier in het dorp.'

Ik zag een onzekere trek in haar gezicht, alsof ze meer wilde zeggen. Toch begon ze over iets anders.

'Met welk verzet reed u omhoog naar het dorp?'

'Ik geloof ergens tussen de 21 en 23 achter.'

'Niet slecht.'

'Fiets je zelf ook?'

'Tuurlijk. Iedereen in het dorp heeft een fiets. Van jongs af aan. Alles van waarde ligt in het dal.'

Een oude vrouw passeerde de rij van Tassato. Ze liep met een emmer naar een van de huisjes, de chique graven op het kerkhof. Ze hield haar kin omhoog en keek langs ons heen.

'Weduwe van de voormalige burgemeester. Hij ligt hier ook,' zei de jonge vrouw op fluistertoon.

Ik stak een klein stukje van mijn tong uit. De jonge vrouw begon te giechelen, zo hard dat ze een hand voor haar mond sloeg. Het was een aanstekelijk geluid.

De weduwe zette de emmer naast een graftombe, opgetrokken uit wit marmer. Bovenop stond een buste. Ze pakte een spons uit de emmer en kneep die boven de stenen haardos van haar man uit. Zeepsop droop langs zijn gezicht naar beneden.

Ik keek weer naar het graf van Enzo's oom, Tassato. Het water op de grafsteen was vervlogen in de warme lucht. Ik nam een slok uit mijn bidon.

'Wie was Tassato?' vroeg ik.

De vrouw nam een stilte in acht.

'Hij was de fotograaf van het dorp. Hij heeft mij en mijn zus toen we nog peuters waren in zijn studiootje gefotografeerd.'

Ze had een nieuwe kiezel gevonden, die ze onder haar zool heen en weer rolde. Toen hij onder haar schoen vandaan wipte, schoot ze hem hard tegen de muur.

'Ik ga weer even door met mijn bloemen,' zei ze en ze liep het pad op.

'Oké, ciao,' zei ik.

Er viel een nieuwe appel op het graf van Tassato. Het was een harde. Hij rolde van de grafsteen af en bleef voor mijn voeten stilliggen. Ik raapte hem op, besproeide hem met het water uit mijn bidon en nam er een hap uit.

Zoetzuur.

Vanuit mijn ooghoek zag ik de jonge vrouw weer op haar knieën zitten bij het graf verderop. Er stonden te veel grafstenen met tierelantijnen tussen ons in om te kunnen zien wat ze precies deed.

Ik ging op een bankje tegen de muur zitten en at de appel op tot ik pitjes proefde, daarna slingerde ik het klokhuis weg. Vanaf het bankje kon ik bij de ingang nog net mijn fiets zien staan. Het stelde me gerust. Geen fietsendieven hier.

Het graf van Tassato zag er schoon uit. Enzo wilde er graag een foto van hebben. Ik pakte mijn telefoon uit de achterzak van mijn wielershirt en keek naar de beeltenis van zijn oom, gevangen in het ovaaltje. Een fotograaf laat zich niet graag fotograferen. Op mijn gemak stelde ik de camera van mijn telefoon in en maakte twee opnamen: een liggend, een staand. Daarna liep ik langzaam terug naar mijn fiets.

Achter me klonk een snelle pas over de kiezelstenen. De jonge vrouw was me achternagehold. Door het strijkende zonlicht zag ik hoe scherp haar profiel was. 'Ik moet ook naar het dal. Wacht u even, dan rijden we samen naar beneden.'

Ze liep het plein over, met een lichte swing, een klein beetje hippend bij iedere stap. De onderbenen die onder haar driekwartjeans uitstaken waren net zo glanzend en bruin als haar bovenarmen.

Jeuk in mijn buik. Waar had ik deze ontmoeting aan verdiend? Een mooie vrouw op een idyllisch Italiaans kerkhof, een vrouw die wilde meefietsen. Niemand zou het geloven. Enzo misschien, maar die kwam nooit meer in zijn dorp.

De vrouw kwam met een ruime boog het plein op gereden, op een fiets met een verschoten oranje frame, een recht stuur en spatborden voor en achter. De kabels van de rem gingen op de ouderwetse manier buitenlangs. Terwijl we samen naar de hoek van het plein reden, keek ik even naar beneden, naar het frame. Een oude Gios. Ze had smaak.

Na de stenen van het plein was het nog vijftig meter vlak, daarna verdween het asfalt het dal in. We begonnen aan de afdaling. Ik liet haar voorgaan, ze kende de weg.

De Italiaanse reed zonder helm. Haar losse haren wapperden achter haar hoofd. Ze nam de bochten scherp en zonder angst. Als de *patron* van een kopgroep in de bergen stak ze af en toe een wijsvinger naar beneden om oneffenheden in de weg aan te kondigen. Na haar vinger zag ik binnen een paar seconden een losliggende steen op het asfalt of een gevaarlijk brede droogtescheur.

'Bang om te dalen?' riep ze.

'Ik durf niet meer zo hard als vroeger.'

'Bang zijn heeft geen zin.' Ze remde af en kwam naast me rijden. 'Vallen kan altijd. Als je gaat, dan ga je. Ken je rugnummer 104 in de Giro van 2011?'

'Je bedoelt Wouter Weylandt, de Belg,' schreeuwde ik boven het lawaai van de wind uit.

'*Si, si,*' zei ze, terwijl ze haar hoofd schudde. Ze maakte een kruisje op haar borst, kuste de toppen van haar vingers en wees omhoog.

Weylandt had in de derde etappe van de Ronde van Italië tijdens een afdaling tempo willen maken om bij de kopgroep te komen. Hij keek opzij, raakte uit evenwicht, tikte met zijn pedaal een muurtje aan en sloeg tegen het asfalt.

De televisiebeelden van de roerloze Weylandt stonden op mijn netvlies. Bloedstralen rond zijn hoofd. Wezenloos dieprood op een dof wegdek.

Zijn vrouw was al een paar maanden zwanger toen haar man viel. De Belgische coureur heeft er vermoedelijk geen pedaalslag voor gelaten, er geen bocht minder scherp om aangesneden. Een renner leeft met de val, zo onlosmakelijk verbonden met het rijden op een fiets. Met de dood kan hij geen rekening houden. Denken aan vallen kost je snelheid.

De Italiaanse trapte door in een bocht en sneed als een tijdrijdster de weg een stukje af. Ze reed tien meter voor me uit. Ik herkende de oude, verzakte boerderij waar we voorbijreden.

We waren halverwege. Ik vertrouwde de Italiaanse volledig. Haar fiets mocht dan oud zijn, ze zat ontspannen voorovergebogen en leek geen moment te twijfelen. We namen de haarspeldbocht. Vanaf nu was het nog een paar honderd meter naar beneden, dan kwamen we uit op de doorgaande weg door het dal.

Bij de T-splitsing gaf de Italiaanse aan dat ze linksaf ging. Mijn hotel was rechtsaf, maar ze wees met haar wijsvinger dwingend naar haar achterwiel; ik moest haar blijven volgen.

We reden de brede weg op die parallel aan de rivier liep. De vrouw hield in en kwam in rustig tempo naast me rijden. De witte doorgetrokken verkeersstreep op de weg was flets. Ik zag veel sporen van slippende autobanden. De chauffeurs namen het hier kennelijk niet zo nauw met de veiligheid.

Vlak langs de weg stonden oude platanen. Als ik mijn rechterhand uitstak kon ik ze aantikken. Alle bomen droegen op ooghoogte een band van witte verf, waarschijnlijk om in de nacht zichtbaarder te zijn voor het verkeer.

Er kwam een bocht. Een scherpe. De vrouw gebaarde met

één hand dat ik langzamer moest gaan rijden. Ik remde en draaide achter haar de bocht door.

'*Alt!*' riep ze.

Ze remde. Ik ook.

We stonden stil, aan de rechterkant van de weg. De bocht lag vlak achter ons. We legden onze fietsen plat in de berm.

Van de dichtstbijzijnde plataan betastte ze de schilferige bast. Pas toen ik naast haar stond, zag ik waar ze naar keek. Aan de boom hing een houten kastje, ter grootte van een vogelhuisje. Aan de voorzijde was het open. Over haar schouder keek ik mee. Op de bodem van het huisje lagen kunstroosjes en geplastificeerde heiligenplaatjes van Maria. Op het achterwandje was met vier punaises een foto vastgeprikt. Er stond een meisje op van een jaar of zestien; ze droeg een zomerjurkje en had een pet op. Ze lachte haar tanden bloot. Gaaf gezicht, gaaf gebit. Achter haar was een klein stukje van de zee te zien.

'Martina. Mijn zusje.'

De Italiaanse keek met een verlangende blik naar de foto, alsof ze haar zusje los zou kunnen weken van het fotopapier. Toen wendde ze zich af en plukte in de berm een paar klavertjes. Ze rook eraan en strooide ze voor de foto in het hokje.

'Is ze op deze plek overleden?'

De vrouw liep een paar meter van me vandaan, taxeerde de afstand tot de boom en trok met haar linkerschoen de omtrek van een langgerekt lijf in het stof van de berm.

'Door een auto?' zei ik.

De Italiaanse keek naar de grond. Een pluk haar viel voor haar ogen. Ik durfde niet verder te vragen. Ik leek op een rechercheur. Een man die het verdriet geen adem gunt en meteen ter zake wil komen.

De Italiaanse deed de pluk achter haar oor en tikte met haar schoen aan wat ze net getekend had.

'Enzo.'

Naast het getekende lijf zette ze een cirkel.

'Ik.'

Zonder aandacht aan me te schenken boog ze met haar bovenlijf over de weg en keek de bocht door. Ze keek naar de overkant en weer terug, naar de bocht.

Lichte twijfel in haar gespannen lijf. Toen spurtte ze de weg over.

Ik hoorde het motorgeluid van een vrachtwagen die terugschakelde. Met rammelende biervaten kwam hij uit de bocht gereden, op nog geen meter van de berm. Steentjes vlogen tegen mijn scheenbenen.

Door de stofwolk heen zag ik hoe de Italiaanse in de berm aan de overkant met haar schoen een cirkel tekende. Ze wees naar beneden en schreeuwde.

'Tassato!'

Sinds we de fietsen in de berm hadden gelegd, was de soepele motoriek van de Italiaanse verdwenen. Haar bewegingen waren hoekiger geworden.

Opnieuw dat nerveuze heen-en-weerkijken over de weg, tot drie keer toe. Als een atlete aan de start van een veldloop stond ze aan de overkant. Ze holde mijn kant weer op.

In de verte kwamen drie auto's met caravans aangereden. Nederlandse nummerborden. Ze reden in stevig tempo voorbij, de bocht in. De band van de laatste caravan raakte de kiezels in de kant. Onze berm was zo smal dat zelfs het verkeer van de andere kant benauwend dichtbij aanvoelde.

De Italiaanse zei niets en stopte de pluk haar weer achter haar oor.

'We waren met zijn drieën naar beneden gefietst. Martina, Enzo en ik. De jaarlijkse wielerwedstrijd van de streek zou langskomen. Het was al druk langs de weg. Volgens Enzo konden we het beste hier staan, bij de bomen, dan keek je niet in de zon.'

Terwijl ze vertelde fatsoeneerde ze de nepbloemetjes in het kastje.

'Martina en Enzo stonden naast elkaar, met de fietsen tussen hun benen. Ik stond naast die twee. Ik weet nog dat de kopgroep voorbijkwam, achter een politiemotor. Je voelde de wind in je gezicht toen de renners met hoge snelheid uit deze bocht opdoken.'

Ze peuterde twee Mariaportretten van elkaar en blies drie keer hard tegen de plaatjes. Met haar duim poetste ze een portretje schoon. De lucht boven het vrome gezicht van Maria kreeg langzaam weer de oorspronkelijke lichtblauwe kleur.

'Even later kwam het peloton voorbij. Al die kleuren, die helmen, die vermoeide, rood aangelopen gezichten.'

Ze legde de opgepoetste Maria weer in het kastje.

'Daarna passeerden de achterblijvers, soms in groepjes, soms alleen. Aan de overkant stond Tassato. Hij maakte foto's van de wielerwedstrijd voor de streekkrant. Enzo riep naar zijn oom of hij een foto van ons drieën wilde maken. Tassato stak zijn duim op. En...'

De Italiaanse deed de lok achter haar oor, die onmiddellijk weer voor haar ogen viel.

'Enzo trok Martina naar zich toe. Hij was sinds dat voorjaar gek op mijn zus. Iedere middag waren ze samen in het dorp te vinden. De sturen van hun fietsen haakten in elkaar. Mijn zusje raakte uit evenwicht. Ze deed een pas naar voren.'

De Italiaanse liet de losgevallen haarlok voor haar ogen hangen. Tussen haar duim en wijsvinger draaide ze aan het steeltje van een klaverblaadje, net zolang tot het slap werd. Toen liep ze naar de plek waar ze met haar schoen de omtrek van een lichaam had gemarkeerd. Ze ging door haar knieën en zwaaide met haar armen naar voren.

'Mijn zus viel met haar fiets op de weg. Er kwam een auto uit de bocht. Een van de laatste in de karavaan.'

De Italiaanse liep met een besliste pas naar het kastje aan de boom, maakte de foto van haar zus los en begon aan het plastic hoesje om de foto te wriemelen. Achter het lachende meisje zat iets verstopt. Zonder iets te zeggen gaf ze het aan mij.

Met haar armen over elkaar keek ze toe hoe ik het vergeelde papier openvouwde.

Het was een uitgescheurde krantenpagina, met een grote foto erop. Er stond een groepje mensen op, langs de kant van de weg, in het tegenlicht van de zon. In het midden stonden een jongen en een meisje met hun fietsen tegen elkaar. Ze zoenden elkaar onhandig, waarschijnlijk omdat ze naar de camera wilden blijven kijken. Er stond een ander meisje bij, jongensachtig, ze lachte breeduit.

De vrouw keek mee.

'Ik had nog kort haar toen.'

Ze ging met haar vingers over het krantenpapier. De witte randjes van haar nagels gleden langs de weg en stopten aan de rand van de foto. Er kwam een auto de bocht door. Ik zag een deel van een autowiel. En een bumper.

'Die avond heb ik Tassato in zijn studio gesmeekt juist deze foto naar de krant te sturen. Het was mijn manier om mijn zus levend te houden.'

Ik zag de naam van Gianluca Tassato bij de foto staan.

'Zie je hoe ze lacht, hoe ze flirt?' zei de vrouw.

'Was je zusje op slag dood?' vroeg ik.

Ze praatte door, zonder acht op me te slaan. Het verhaal moest eruit, als kots. Eerst weerzin, dan opluchting.

'Tassato is meteen de weg overgestoken. Hij heeft Martina in de berm gelegd. Ik hield haar hoofd stil. Bloed uit haar oren. Omstanders hielden het verkeer tegen. Tassato is op zijn knieën gaan zitten om haar te kunnen beademen. Hij riep tegen Enzo dat hij naar de dokter moest fietsen, een kilometer verderop. Ik weet niet meer hoelang Tassato heeft gevochten voor haar leven. Minuten. Misschien wel een kwartier. Duwen op de borst, mond op mond. Toen Enzo terugkwam met de dokter, moet hij aan ons gezien hebben dat het te laat was.'

De Italiaanse en ik stonden samen naar de krantenfoto te staren. Ik durfde het niet hardop te zeggen, maar de foto had een perfecte compositie. Iedereen in beeld leek zich ervan bewust dat de scène er in één keer goed op moest staan. Een split second van geluk, waarna de verhoudingen tussen de mensen langs de weg voorgoed zouden veranderen.

Ik vouwde de krantenpagina weer tot een kleine rechthoek en gaf hem aan de Italiaanse terug.

'Komt Enzo hier nog weleens?' vroeg ik.

'Nee, hij is een paar maanden na het ongeluk naar Nederland verhuisd. We hebben hem nooit meer gezien. Ik snap het wel. Wat moet hij hier? Hij weet dat ik Martina's plekje bijhoud, hij zorgt op afstand voor zijn oom. Enzo en ik houden het contact levend via de graven.'

De Italiaanse liep bij me vandaan. Ze stopte alles weer in het plastic hoesje en maakte het met de punaises vast aan het achterwandje. Ze herschikte de bloemetjes en het verse groen. Daarna ging ze met haar gezicht naar het kastje. Ze fluisterde.

Beleefd keek ik naar beneden. Het wit van haar sportschoenen was grijzig geworden van de stoffige berm. Ze had lange lussen in haar veters. Gevaarlijk, ze konden tussen de pedalen verstrikt raken.

Zonder iets te zeggen wiste ze de gemarkeerde plekken uit. Ze holde zelfs heen en weer naar de overkant om de cirkel van Tassato met haar schoen weg te poetsen. Weer drie keer kijken of er verkeer kwam.

Ze zette haar fiets rechtop. Ik pakte de mijne. We stonden naast elkaar in de berm.

'Waar ga je heen?' vroeg ze.

'Ik denk terug naar mijn hotel, in Bagni di Lucca. En jij? Omhoog?'

Ze knikte. 'Ja, naar mijn man en mijn kindje.'

Ik nam een slok uit mijn bidon.

'Wil jij ook?'

Ze rekte zich uit en greep mis. De bidon viel op de grond en rolde de weg op. We deden niets, er kwam een auto de bocht om. Hij reed over de bidon. Het water spoot onze kant op. De Italiaanse boog zich voorover en sloeg met haar hand lachend de druppels van haar broekspijpen. Daarna stopte ze tevergeefs een haarlok achter haar oor.

'Ciao,' zei ze.

Ze zoende me op mijn voorhoofd.

'*Ci vediamo*,' antwoordde ik.

'*Volentieri*.'

De Italiaanse gooide een been over het oranje frame en ging op het puntje van haar zadel zitten, keek drie keer naar links en rechts en nog één keer naar links. Ze stond op de pedalen. Na een paar omwentelingen was ze uit het zicht.

Ik was weer alleen. Naast de plataan zag ik afdrukken van onze zolen, willekeurig door elkaar. Martina lachte in haar kastje. Het deed me denken aan een klein verkleedhokje op het strand. Achter haar kwam de zee aangerold.

Ik ging op mijn fiets zitten. Ik keek twee keer naar links en rechts.

Het leek me genoeg.

Dop

Ik lag met mijn benen wijd en toch voelde ik de rand van het matras niet. Raar. Ik opende mijn ogen en keek naar de ongeschuurde balken boven me. Thuis had ik een plafond met ornamenten in de hoeken. Gedesoriënteerd ging ik rechtop zitten en trok het gordijn naast me opzij. Door een smal raam zag ik mijn auto staan, naast een gammele schuur. Het zadel van mijn gloednieuwe fiets stak boven de stoelen uit.

Gisteravond had het me aan energie ontbroken om de Pegoretti uit de auto te halen. Ik was bekaf geweest van de lange rit op Zwarte Zaterdag en wilde na een hete douche meteen in bed gaan liggen. Slapen moest ik, lang en diep slapen.

Mijn reiswekker was om negen uur afgegaan. Binnen een half uur wilde ik op pad zijn. Ik trok mijn wielerkleding aan en liep de woonkamer van het vakantiehuisje in. Boven een versleten bank hing een ingelijste poster van de kathedraal van Reims. Iemand had met een blauwe viltstift kruizen op de kerkmuur getekend.

Uit mijn weekendtas pakte ik een baguette met camembert die ik had gekocht bij een benzinestation langs de Franse tolweg. Het brood was droog geworden, maar het smaakte me goed. Ik liet de kraan doorlopen voordat ik een paar slokken water durfde te nemen. Genoeg gegeten en gedronken. Ik kon gaan.

Voor onderweg pakte ik een stel mueslirepen uit mijn tas en stak ze in mijn achterzak, samen met een briefje van vijftig.

Buiten voelde ik dat de ochtendzon al warm was. Ik opende het portier, trok voorzichtig het frame van mijn fiets van de achterbank en zette het op de grond tegen de auto. Uit de achterbak haalde ik de twee wielen tevoorschijn; nog even tussen de vorken van de Pegoretti klemmen, vastdraaien, en ik kon op pad.

Door de voorruit tuurde ik naar het bakje tussen de stoelen. Er lag van alles: kauwgum, drop, een viltstift, een pen, de routebeschrijving naar het vakantiehuisje.

Geen inbussleutel?

Ik opende het portier en rommelde voor de zekerheid door het bakje. Gisteren had ik thuis de sleutel gebruikt om mijn fiets te demonteren.

Een half jaar had ik op de Pegoretti moeten wachten. Deze week was het verlossende telefoontje van Stijn gekomen. Stijn was de eigenaar van mijn vaste fietsenzaak. Hij klonk opgewonden; het Pegoretti-frame was vanuit Italië gearriveerd en zag er volgens hem schitterend uit.

Toen ik die middag de fietsenzaak binnenstapte, was Stijn al aan de montage begonnen. Hij trok net twee nieuwe wielen uit de verpakking, ze waren van een bekend merk: Mavic. Cosmic Carbone was het nieuwste model uit hun serie, met een extra brede velg. In de catalogus hadden ze er heel mooi uitgezien.

Stijn gaf me het voorwiel aan. Het woog bijna niets. De zwarte kunststof spaken stonden strakgespannen. Mijn fietsenmaker was een freak als het om accessoires ging; hij las alle wielerbladen en was op de hoogte van de nieuwste snufjes.

De middag dat ik de fiets bij hem bestelde waren we het steeds eens geweest over de opbouw van de Pegoretti: een Campagnolo Chorus-groep met 50 en 34 tandjes voor en tandwielen achter oplopend van 13 tot 26, een zwart San Marco-zadel en een Syntace-stuur.

Ik gaf het voorwiel terug aan Stijn. Hij pakte het beet bij de snelspanner en gaf het een zetje. Zonder geluid maakte het soepel en geluidloos rondjes.

'Draait mooi,' zei ik.

'Waanzinnig,' antwoordde Stijn. Aan zijn intonatie merkte ik dat hij nog niet tevreden was.

'Maar?' vroeg ik.

Hij tikte tegen de spanner. 'Dit frame is zo bizar strak gespoten. Dan moet alles aan zo'n fiets kloppen, vind ik.'

Hij liep naar de werkbank, die bezaaid lag met moeren, ringetjes, schroefjes, rolletjes stuurtape en tandwielen. Aan de muur hing een transistorradio, naast een uitklapposter van een playmate. De radio stond op een zender met non-stop bekende hits. Stijn floot het refrein mee van 'Proud Mary' van Ike en Tina Turner. De hese stem van Tina kwam vervormd door het speakertje.

Uit een van de plastic laatjes aan de muur viste Stijn twee nieuwe spanners. Hij liet ze me zien. Aan de uiteinden van elke spanner zaten twee zwarte balletjes.

'Italiaans design. Stinkduur, maar je krijgt ze van me.' Hij legde een van de spanners in mijn handpalm. De schroefdoppen leken op glimmende knikkers. Ik had de neiging ze in mijn mond te stoppen en erop te zuigen.

'Eén nadeel,' zei Stijn, 'je kunt die designdoppen alleen met een inbussleutel los- en vastdraaien. Lastig als je snel van wiel moet wisselen in een wedstrijd.'

'Zet ze er maar op,' zei ik. 'Ik rij toch bijna altijd alleen.'

Stijn haalde de standaardspanners uit de wielen en gooide die op de werkbank. 'Mooi. Ik heb deze zelf ook. Tijdens een tochtje kijk ik er altijd een paar keer naar.' Hij graaide een inbussleutel uit de zak van zijn overall en duwde de designspanner door de as van het wiel. Daarna stak hij het wiel in de voorvork en begon de designdoppen met de inbussleutel aan te draaien. De spanner trok zich met iedere slag van de sleutel verder vast.

Na het voorwiel draaide Stijn ook het achterwiel aan. Hij keek tevreden. 'Nu is je nieuwe fiets pas echt af.'

We stapten naar achteren en keken.

'Met die doppen lijken de wielen op twee ogen,' zei ik. 'Met priemende pupillen.'

'Echt, joh?' zei Stijn met een smerige grijns op zijn gezicht. 'Ik zie er iets heel anders in.' Hij begon te fluisteren. 'Kijk dan. Je wielen lijken net borsten. En die doppen, dat zijn twee zwarte tepels.'

Geërgerd sloeg ik het portier dicht. Vandaag zou ik voor het eerst op pad gaan met de Pegoretti. Ik had speciaal een mooie omgeving uitgekozen voor het ritje. Maar hoe kwam ik in deze uithoek op zondagochtend aan een inbussleutel?

Ik liep naar de fiets. Met de hand probeerde ik de doppen aan te draaien, maar ze weigerden het schroefdraad te pakken. Ze bleven aan de uiteinden van de spanner zitten, daarmee was alles gezegd. Over mijn achterwiel maakte ik me weinig zorgen; als ik eenmaal op het zadel zat, zou er genoeg druk op de spanner komen te staan. Dat wiel zou niet snel uit het frame schieten. Mijn voorwiel, dat was een ander verhaal. Er zat gevaarlijk veel speling tussen de doppen en de voorvork. Eén oneffenheid op de weg en mijn wiel zou losschieten.

Ik deed het portier weer open en pakte de geprinte mail met informatie uit het vakje tussen de stoelen. De eigenares woonde op twee kilometer, las ik. Als ik heel langzaam trapte, moest dat lukken. Dan zat ik in ieder geval op mijn nieuwe fiets.

In slakkengang reed ik het pad af tot ik aankwam bij een bredere weg. Linksaf. Ik zag de boerderij in de verte liggen.

Toen ik naderde sloeg een herdershond aan. Hij zat aan een ketting. Ik reed met een boog om het beest heen om bij het huis te komen. Er kwam een vrouw met een schort om aangelopen.

'*Bonjour*,' zei ik.

De vrouw keek me argwanend aan.

'*Je suis de votre gîte*.' Ik gebaarde ter verduidelijking naar de richting waar het vakantiehuisje moest liggen.

Ze zei niets terug. Terwijl ik naar het zwarte dopje van mijn voorwiel wees, probeerde ik op het Franse woord voor 'inbussleutel' te komen. 'Sleutel' was *clé*. Proberen maar.

'*Eh, vous avez une clé pour bicyclette?*'

De boerin zuchtte en liep terug naar de boerderij. Het was onduidelijk of ze me begrepen had. Ik keek rond. Je zou hier maar wonen. Zo afgelegen, zo stil.

De vrouw kwam naar buiten met een gereedschapskist in haar linkerhand. Ze zette hem naast de fiets, boog voorover en graaide in de verschillende vakken. Ik zag allerlei gereedschap, maar geen inbussleutel.

'*Dommage*,' zei ik.

De vrouw trok heel even haar mondhoeken omhoog en wees daarna naar de grote weg. '*Sapois, quatre kilomètres. À droite*.' Ze hees de kist omhoog en liep zonder gedag te zeggen terug naar de boerderij.

'*Merci, madame*.'

Ik draaide mijn fiets om en reed terug naar de hoofdweg. Wat zou ik doen? Ik kon terug naar het vakantiehuisje en met de auto naar Sapois rijden. Aan de andere kant, het was maar vier kilometer op de fiets. Als ik heel rustig reed, moest het lukken. Voorzichtig sloeg ik rechts af.

Met een veilige fiets keek ik meestal ver voor me uit; nu hield ik mijn ogen onafgebroken op het voorwiel en de voorvork gericht. Mijn teller haalde de 10 kilometer niet eens. Een gangetje van niks.

Thuis had ik een boek over de Franse cineast Jacques Tati. Op een paginagrote foto stond Tati afgebeeld als de stuntelige postbode François met een gedemonteerde fiets. Op een witte studiovloer lagen alle onderdelen aan zijn voeten. De fiets was tot aan het laatste moertje uit elkaar gehaald. François' blik verraadde twijfel: zou hij de fiets weer in elkaar kunnen krijgen?

SAPOIS 2 KM, gaf een bord in de berm aan. In de verte zag ik de kerktoren al. Ik moest mezelf inhouden om niet harder te gaan trappen. Als het wiel losschoot, zou ik tegen het asfalt smakken, handpalmen en knieën openschaven, mijn sleutelbeen in tweeën breken, voortanden moeten uitspugen. Langzaam fietste ik verder. Toen mijn voorwiel door een gat in het asfalt reed, hoorde ik een geluidje in de buurt van mijn voorvork.

Ik remde en sprong van mijn zadel. Ik trok de fiets aan het stuur van de grond en liet het wiel draaien. Zat het echt nog vast genoeg? Als test gaf ik met mijn vuist een slag op de bovenkant. Het wiel schoot meteen uit de vork.

'Godver.'

Nu durfde ik niet meer verder te fietsen.

Na twintig minuten lopen kwam ik met de fiets aan de hand aan in Sapois. Het was een klein dorp. Alle winkels en cafés aan de hoofdstraat waren dicht. Toch stonden er in het centrum opvallend veel auto's geparkeerd. Ik keek om me heen en zag tussen twee lantaarnpalen een doek hangen met VIDE GRENIER erop: Frans voor 'rommelmarkt'. Had de boerin me daarom deze kant op gestuurd?

De plaatselijke voetbalvereniging had haar veld beschikbaar gesteld. Op en rond het voetbalveld lag de waar uitgestald. Er waren verkopers met professionele stands, maar ook mensen die hun spullen op lakens hadden gelegd of vanuit de achterbak van de auto hun waar aan de man brachten. Misschien verkocht hier iemand tweedehandsgereedschap.

Aan de kop van de markt stond een bar, provisorisch gemaakt van strobalen en oranje tentzeil. Ervoor zaten mensen op klapstoeltjes in de zon. Schaduw was er niet op het voetbalveld.

Een jongen met een vrolijk gezicht ving mijn blik. '*Cycliste!*' Hij hield een plastic bekertje omhoog. 'Proeven?'

Wijn? Nu? Ik pakte het bekertje aan en nam een slok. Sterk spul.

'Nog meer?' De jongen schonk me alweer bij.

'Ho ho,' zei ik, en lachte om niet onsympathiek over te komen. 'Pittig wijntje,' zei ik.

'Het is *cartagène*, meneer. Zelfgemaakt. Veertig procent alcohol.'

Ik gaf het bekertje gauw terug en liep verder met de fiets aan mijn hand.

De bezoekers van de markt observeerden me. Een vreemde snuiter in het dorp.

'*Allez, Poupou*,' zei een magere man met een rieten hoed op. Hij stond achter een kraam en verkocht beschadigde porseleinen beelden.

Poupou.

Raymond 'Poupou' Poulidor was een volksheld geweest, al had de renner nooit de Tour de France gewonnen. Poupou had gegrossierd in tweede plaatsen. Hij was een *pédaleur de charme*, geen winnaar.

Twee vrouwen van rond de veertig kwamen achter hun kledingkraam vandaan. Ze hadden een spijkerbroek bij zich en duwden hem tegen mijn blote benen. Ze maakten in woord en gebaar duidelijk dat het precies mijn maat was. Ik keek naar de broek. Een hopeloos model. Hij leek van blauwgespoten karton gemaakt. Als je hem aantrok, waren je billen in één klap vierkant.

'*Parfait, mon amour*,' riep een vrouw vanachter een andere kraam. Ze kuste op haar hand en blies de zoen mijn richting op. Ik deed of ik hem ving. Kon mij het schelen. Intussen hadden de vrouwen het kruis van de spijkerbroek over mijn hoofd gegooid en trokken ze ieder aan een pijp. Steeds harder. Ik wilde me niet laten kennen, maar ik raakte uit balans en viel in het gras. De fiets donderde over me heen en schampte mijn achterhoofd. Ik krabbelde overeind en zag hoe tientallen bezoekers van een afstandje geamuseerd toekeken. De twee vrouwen gierden het uit.

'*Allez, Poupou*,' hoorde ik weer roepen. '*Non, Holland. Zoetemelk!*' Ik pakte mijn fiets op en liep snel verder over het veld. Op de middenstip stonden een man en vrouw met oude klokken. Pendules, hangklokken, staande klokken, koekoeksklokken. De uurwerken zagen er goed onderhouden uit. Dit was een goede kraam voor me. Want moest een oude klok niet opgedraaid worden met een inbussleutel?

Ik zette mijn fiets tegen een paal van de kraam. De man zat met zijn neus in een autoblad en toonde geen enkele interesse. De vrouw keek me vanaf een klapstoel onverschillig aan. Ik pulkte aan het minihaakje van een houten deurtje aan de zijkant van een klok om te zien hoe het mechaniek eruitzag.

'*Touchez pas, s'il vous plaît*,' zei de vrouw.

Ik schrok van haar schelle stem. Haar man las onverstoorbaar door.

'*Madame, s'il vous plaît? Mon eh, ma bicyclette...*'

'*J'ai dit: touchez pas.*'

Hier viel niets te halen. Ik knikte quasi-vriendelijk en vervolgde mijn zoektocht.

De markt liep al een beetje af. Ik keek om naar de kerkklok in het dorp. Half twaalf. Kennelijk ging het middageten voor alles.

'Alles voor één euro,' riep een gezette man achter een enorme hoeveelheid kleine prullen. Zijn mobiele telefoon zat geklemd tussen zijn oor en een gele badstof zweetband.

Met mijn kont op de stang bekeek ik de berg met rommel. Barbiepoppen, puntenslijpers, sleutelhangers, plastic ringen, drinkglazen, veters, bollen wol, boeken, damesbladen, stekkers, stopcontacten, kousen, ansichtkaarten, knijpers. De man was in een fel telefoongesprek verwikkeld. Mijn Frans was goed genoeg om diverse scheldwoorden op te vangen.

Zat er een inbussleutel tussen? Ik trok aan het been van een barbiepop die onder uit de berg stak. Alles verschoof, zoals bij een spelletje mikado.

'*Merde!*' riep de man. De telefoon bleef onder de zweetband geklemd terwijl hij met zijn duim het gesprek wegdrukte.

'Alles voor één euro!' riep hij veel te hard in mijn richting, nog met het volume van het telefoongesprek. Ik had een pen beet. Het onderste deel rood, vanboven zwart. Ik hield hem op zijn kop en de zwarte vloeistof gleed naar beneden. Er verscheen een ouderwetse pin-up. Ze had met haar blonde krullen en ronde gezicht iets weg van Marilyn Monroe. Haar achterste stond omhoog, ze hield de handen in haar zij en stak haar borsten naar voren.

De man keek naar me. Snel draaide ik de pen weer op zwart en legde hem terug.

'Alles voor één euro,' herhaalde hij nog maar eens.

'*Vous avez une clé?*'

'*Comment?*'

Hoe vertaalde ik 'inbus'?

'*En-buus?*' vroeg ik, met twijfel in mijn stem. Ik tilde mijn voorwiel op en wees naar de voorvork. De man kwam achter de kraam vandaan en boog zich over het voorwiel. Ter demonstratie van mijn probleem gaf ik opnieuw een vuistslag op de band.

Het wiel viel als op commando uit de voorvork en draaide een paar rondjes in het gras voordat het stilviel.

De man liep achter de kraam langs naar een oud bestelbusje en schoof de zijdeur open. Hij klom naar binnen. Ik pakte de pen en toverde de pin-up opnieuw tevoorschijn. Er zat een luchtbelletje voor het gezicht van de blondine. Met mijn wijsvinger tikte ik ertegenaan. Het luchtbelletje schoot omhoog en bleef als een aureool boven haar hoofd hangen. Van dichtbij keek ik in haar ogen.

'*Bonjour, monsieur,*' zei een lief stemmetje naast me. Ik liet de pen zakken en keek opzij. Er stond een klein meisje aan de kraam. In haar hand had ze een kettinkje en een oude sleutelhanger met een hondje eraan. De moeder stond achter het meisje en knikte.

'*Tout un euro,*' zei ik. Vlug moffelde ik de pen weg tussen de spullen op de kraam.

De moeder maakte het kind duidelijk dat ze snel moest kiezen. Het meisje staarde verlangend naar de twee speeltjes en nam uiteindelijk het kettinkje. De moeder hing het kettinkje om haar hals. Ze opende haar portemonnee en gaf me een euro. Voordat ik uit kon leggen dat het niet mijn kraam was, liepen ze al weg. Ik staarde naar de munt in mijn handpalm.

De man kwam uit zijn busje gestapt met een plastic zak. Hij stortte de inhoud op een vrij hoekje van de kraam. Er vormde zich een berg van verroeste spijkers, schroeven en moeren.

Zonder iets te vragen liep hij naar mijn voorwiel en voelde aan de spanner. Ik wilde hem de euro geven, maar hij weigerde de munt aan te nemen.

'*Putain,*' zei hij terwijl hij tevergeefs aan de designdoppen draaide. Net als ik kreeg hij ze niet losser of vaster.

'*En-buus,*' zei ik langzaam, terwijl ik naar het vijfhoekige gaatje in de zwarte dop wees.

'*Non, non, non,*' zei de man resoluut. Hij zette het wiel tegen de kraam en hij liep weer naar zijn busje.

Ik keek rond. De meeste kramen waren opgedoekt. Alleen verderop was het nog druk, bij de bar.

De man waggelde mijn kant op. Hij hield iets met beide handen beet. Toen hij dichterbij kwam zag ik wat het was: een grote schaar met twee pijpen als handvatten. Een schaar om een fietsslot mee door te knippen.

Met zijn vlezige vingers zette de man het voorwiel tussen zijn knieën. Hij wrikte de scherpe kop van de schaar achter een van de doppen, op een vrij stukje schroefdraad.

'*Attends, stop!*' riep ik nog, maar hij had de handvatten al met kracht naar elkaar geramd. De dop schoot los en viel vlak voor mijn voeten. Ik harkte met mijn vingers door het gras tot ik hem gevonden had.

'*Putain de design,*' zei de man. Hij trok de spanner uit de as en knipte de andere dop eraf en gooide die op de berg rotzooi.

Zonder naar me om te kijken pakte de man uit de berg oud ijzer een vleugelmoer en keek of die op de afgeknipte spanner paste. '*Voilà,*' zei de man. Hij begon de vleugelmoer aan te draaien en pakte een tweede vleugelmoer van de kraam. Met een paar slagen zat ook die vast aan het schroefdraad van de spanner. Tevreden liet hij het wiel voor mijn gezicht tollen.

Over het voetbalveld reden twee busjes met spullen op het dak richting de doorgaande weg. Dorpsbewoners sloften met tassen vol rotzooi.

Ik wilde ook weg. Ik zette mijn fiets rechtop en plaatste het wiel in de uitsparingen van de voorvork. De man volgde mijn bewegingen. Voorzichtig begon ik de vleugelmoeren aan te draaien. Steeds strakker. Het ging goed. Het voorwiel zat veilig vast.

'*Merci,*' zei ik tegen de man. Ik wilde opstappen.

'*Ça fait vingt euros*,' klonk het kortaf. Ondertussen begon de man met het opruimen van zijn kraam.

Twintig euro? Voor een paar oude vleugelmoeren?

Ik had geen keus. De man had werk gehad aan mijn fiets. Ik haalde het briefje van vijftig uit de achterzak van mijn shirt.

'Heb je niet kleiner?' vroeg de man terwijl hij het biljet aanpakte.

Ik schudde mijn hoofd.

Zonder iets te zeggen stopte de man het biljet in zijn achterzak en waggelde weg, richting de verste kramen op het veld. Hij sprak iemand aan. Vanuit de verte herkende ik het gezicht van de jongen met zijn plastic bekers. Samen smoesden ze even en liepen de bar binnen.

Ondertussen zocht ik in de kraam naar de tweede dop van mijn voorwiel. Ik vond hem terug in de helft van een zeepdoosje. Voor de zekerheid stopte ik beide doppen in mijn achterzak en keek naar mijn fiets. Nu zag ik pas goed hoe onzorgvuldig de man het karwei had geklaard. Door het grove knippen hadden de uiteinden van het schroefdraad scheve, scherpe randjes gekregen.

Waar bleef de man? Er liepen steeds meer mensen de bar binnen. Er zou vast iemand zijn die vandaag al goed verkocht had en mijn biljet van vijftig euro kleiner kon maken.

Ik pakte de pen op. De bel zat weer voor het gezicht van de pin-up. Ik keek op. De man was nog steeds niet terug. Met kracht schudde ik het ding op en neer. In een mum van tijd zat de pen vol met kleine luchtbellen. Het was alsof de blote dame in een schuimbad dobberde.

Ik gooide de pen op de berg. Het ging me te lang duren. Ik stapte op de fiets en reed het veld over naar de bar en zette hem tegen het tentzeil.

Het was druk binnen. Iedereen hing met een plastic bekertje

drank aan de toog. Ik herkende mijn marktkoopman aan zijn haarband, hij stond vlak bij een wijnvat. Hij zwaaide met mijn biljet van vijftig euro naar de jongen achter de tap.

'Een drankje voor iedereen!' hoorde ik hem roepen.

De bezoekers van de bar klapten in hun handen.

'*Merci, Jules,*' schreeuwde een man uit een hoek. De marktkoopman trok zijn haarband los en veegde er zijn voorhoofd mee af.

'*C'est pas moi! C'est Poupou!*' riep hij, terwijl hij naar me wees. Iemand duwde me een bekertje drank in mijn handen. Jules deed de haarband weer om zijn hoofd.

'*À toi, Poupou!*'

Na een paar slokken goot ik de inhoud van het bekertje stiekem op de vlonder. Ik tikte de marktkoopman op de schouder.

'Ik krijg, geloof ik, nog geld retour,' zei ik.

Jules negeerde me. Hij dronk het bekertje in één teug leeg, ademde diep uit en hield nog net op tijd een boertje binnen. Hij ging vlak bij me staan. Met zijn vingers vermorzelde hij het bekertje vlak voor mijn gezicht. Ik voelde een paar spatten. Mijn ogen prikten.

'*Mes amis*, Poupou wil wisselgeld zien.'

De aanwezigen in de bar begonnen hard te lachen.

'Ik gaf u een biljet van vijftig euro, meneer,' zei ik.

'Twintig. Je gaf twintig.'

'Ik dacht het niet.'

Jules keek rond, met een zelfgenoegzame blik. 'Gun jij ons geen drankje, Poupou?'

'Natuurlijk wel,' zei ik. 'Maar dertig euro is wel een flinke fooi, vindt u niet?' Ik schrok van de plotselinge stilte in de bar. Iedereen keek naar Jules. Hij wreef in zijn handen en sloeg ze tegen elkaar. Grijnzend pakte hij de achterkant van mijn wielerbroek beet en trok me omhoog.

'Wij haten Hollanders. Alles van huis meenemen en hier niks uitgeven, hè?' riep hij.

De mensen in de bar lieten een luid applaus horen.

'*Holland, go home!*' riep een man aan de tap.

Jules trok me verder omhoog. Het lycra sneed in mijn liezen. 'En nu oppleuren!'

Iedereen keek geamuseerd toe hoe ik door Jules naar buiten werd gedirigeerd. Ik kon niet anders dan op mijn tenen tippelen.

'*Allez, Zoetemelk!*' riep een man bij de uitgang. Jules gaf me een venijnige duw in mijn rug. Struikelend over de hobbelige grond bereikte ik mijn fiets.

Pas nadat ik het dorp uit was, werd mijn ademhaling rustiger. De teller gaf 35 kilometer aan. Het was voor het eerst dat ik snelheid maakte met mijn nieuwe fiets.

Vlak voor een bruggetje kneep ik in de remmen. Ik stapte af en zette de fiets tegen een laag stenen muurtje. Ik nam een paar meter afstand en keek door mijn oogharen naar het fraaie model. Stijn had gelijk gehad in de winkel. Deze wielen leken op borsten. Perfecte, ronde borsten van kunststof.

Met mijn vingers gleed ik over het gladde carbon van de velgen. De zwarte spaken wezen naar het centrum van het wiel. De vleugelmoeren pasten absoluut niet bij de smetteloze laklaag op het frame. De designdoppen zaten nog in mijn achterzak. Ik haalde ze tevoorschijn.

Twee zwarte tepels, zonder verdoving geamputeerd door een marktkoopman.

Hôtel Neuf

Thuis had ik verlekkerd de site van Hôtel Neuf bekeken. De beschrijving beloofde verzorgde kamers in een verbouwd kasteel, een goede omgeving voor lange fietstochten en — niet onbelangrijk — een jacuzzi.

In een lange dag was ik over tolwegen naar de Languedoc gereden. Rond half tien in de avond naderde ik het landgoed. Ik deed mijn raampje open en snoof de geur van de streek op. Droge dennennaalden. Na een onverharde weg met links en rechts akkers vol wijnranken reed ik op een gesloten poort af. Op een bordje stond dat ik met de auto tot vlak voor het stalen hek moest rijden, het zou dan vanzelf opengaan. Toen het gevaarte hortend en stotend openging en ik stapvoets doorreed, leek het of ik in de negentiende eeuw belandde. De muren van het hotel waren vaal en de markiezen met goudkleurige franjes zagen er verschoten uit.

Een portier begroette me door met de vingers van zijn rechterhand tegen zijn pet te tikken. Zijn wijnrode colbert zat hem te ruim bij de schouders. Het maakte de man kleiner dan hij in werkelijkheid was. Ik knikte beleefd. Hij dirigeerde me naar een parkeerplek onder reusachtige bomen. Er stonden dure auto's met nummerborden uit Duitsland, België, Engeland, Luxemburg. Veel auto's met een hoge instap, viel me op.

Over het pad kwam een bediende aanhollen. '*Bienvenue à l'Hôtel Neuf. Votre valise, s'il vous plaît?*'

Er lag maar één koffer achterin. Het ding woog nauwelijks tien kilo. Ik doe liever alles zelf, zolang ik niets mankeer. Ik heb het niet op koffersjouwers. Dat onhandige moment als je in je kamer op zoek moet naar een euro fooi.

De bediende trok de achterklep al open en viste de koffer uit de bak. Als een schoothondje liep ik achter hem aan. Ook deze man droeg een te ruim hotelcolbert. Wijnrood, die kleur hoorde kennelijk bij de huisstijl.

'De patron komt zo,' zei hij. 'Ik breng uw koffer alvast naar uw kamer.' Met kleine passen liep hij de openstaande lift in. De deuren sloten.

In de lobby stond een witte vleugel. Op de klep pronkten twee opengeslagen plakboeken. Ik liet me verleiden en bekeek de foto's en de bijschriften. De verbouwing van het kasteel tot hotel was uitgebreid gedocumenteerd.

Het kasteel was rond 1950 door een rijke Franse familie gekocht. De familie was eigenaar van een *manufacture royale*, een koninklijke stoffenfabriek die een paar kilometer verderop aan een rivier lag. Toen de handel in kleding instortte, ging het bedrijf over de kop. De familieleden waren weggetrokken uit de streek, op zoek naar nieuw emplooi. Het kasteel had in de jaren zestig halfleeg gestaan. De onbewoonde delen verpauperden snel. In 1969 deed het laatste familielid de voordeur achter zich dicht. Hij had de sleutel in het slot laten zitten. Voor wie nog eens naar binnen wilde.

Op een foto uit 2001 was de deplorabele staat van het kasteel te zien toen de huidige eigenaar Christian en zijn vrouw Coco het pand voor het eerst bezochten. Ik las het handgeschreven fotobijschrift dat, getuige de bloemetjes in plaats van puntjes op de letters, van Coco moest zijn: 'Christian en ik stonden op 14 maart op het stukgeslagen bordes van het kasteel. De voordeuren hingen uit hun sponning, we konden zo naar binnen. De eerste aanblik was afschuwelijk.'

Ik bladerde verder. Op een pagina stond een foto van een gammel toilet. Het bijschrift van Coco: 'Zelfs de versteende drollen in de toiletpotten nam Christian voor lief.'

Op de volgende bladzijde wees Christian naar zijn broek. 'Christians broek aan flarden, door een oude spijker in de muur.'

Naarmate ik verder bladerde, zag ik hoe hard er gewerkt was om van het verrotte kasteel een mooi hotel te maken.

'*Welcome in Hôtel Neuf, monsieur eh... de Pays-Bas.*'

De baas van het hotel stond naast me. Ik herkende zijn puntige gezicht en zijn scheve bril van de foto's in het plakboek, al zag hij er intussen flink ouder uit. Hij droeg een ribfluwelen broek. Wijnrood.

'*Leibnitz, I'm the owner of this beautiful pleezz.*'

Als zijn personeel Frans sprak, waarom moest deze Zwitser zich dan in het Engels uitdrukken?

'*Follow me,*' zei Leibnitz.

'*Merci beaucoup,*' antwoordde ik.

We liepen naar een eiken bureau. Alles lag klaar: het incheckformulier en een ouderwetse sleutel met een pluchen kabouter als hanger. Kamer 214.

'U mailde dat u een fietstocht wilde maken? U boft, morgen wordt een stralende dag. Mijn vrouw Coco heeft al een route voor u uitgestippeld. Ze laat zich overigens verontschuldigen, ze verkoopt vanavond haar zelfgemaakte bramenjam op het dorpsfeest.' Leibnitz gooide een roze trui over zijn schouders en legde de mouwen in een losse knoop op zijn borst. 'Loopt u met me mee naar de lift?'

Leibnitz drukte op de knop. Samen keken we naar het oplichtende nummer boven de gesloten deuren. Het bleef lang op 2 staan.

'Het is niet de snelste,' zei Leibnitz. Hij maakte fluitgeluidjes, als voor een onwillige hond. Het hielp niets.

Tergend langzaam gleden de liftdeuren open. Leibnitz schoot voor me langs en drukte op een knopje.

'*Zzere you go*,' zei hij. 'Ik wens u een heel prettig verblijf in ons mooie hotel. Uw kamer is op de tweede verdieping.'

Met de kabouter in mijn handpalm liep ik over de gang naar mijn kamer. Ik opende de deur en zocht naar het lichtknopje. Een plafonnière floepte aan. De bediende had mijn koffer keurig op een laag rek gelegd.

Terwijl ik mijn instappers uitschopte, nam ik de kamer in me op. Behang met kabouters, een reuzenpaddenstoel als tafel en een bed met een dekbedovertrek met een print van gefotografeerde herfstbladeren. Langzaam duwde ik de deur naar de badkamer open. Twee levensechte stenen trollen hielden een spiegel omhoog. Ik zag mezelf in de spiegeling staan, tussen die twee monsterlijke dames. Ik kleedde me uit, poetste mijn tanden en mikte tegelijkertijd met mijn urinestraal heel even op de neus van de lachende trol die het dichtst bij de pot stond.

Mijn god, ik had dit hotel voor twee nachten geboekt. Coco had op de site een vaag verhaal geschreven over hoe ze iedere kamer met een thema had ingericht. Nu begreep ik het pas.

Op het tweede kussen van mijn bed lag een puntmuts. Ik gooide het ding op de grond en deed het licht uit. Bij mijn eerste draai voelde ik iets harigs onder de dekens. Ik deed het licht aan en sloeg het dekbed weg. Er lag een pop, een kaboutervrouwtje.

Ik had het kunnen weten. Een viersterrenhotel met de naam Hôtel Neuf is verdacht. Je voelt je altijd prettig in hotels met namen die iets zeggen over de plek: Hôtel de la Poste, Hôtel Belvédère, Hôtel de la Gare. Hôtel Neuf, die naam deugde al niet. In Nederland zou ik Hotel Nieuw resoluut overslaan. Ik begreep nu waarom dit hotel op boekingssites vier sterren kreeg en geen vijf. Hôtel Neuf was als een bevallig lichaam met een afstotelijk parfum.

Met een harde trap werkte ik het kaboutervrouwtje uit bed.

In de ontbijtzaal keek ik om me heen. Er zaten overal oude mensen aan tafel. Had ik iets over het hoofd gezien op de hotelsite? Naast me hield een man een suikerzakje boven zijn thee. Hij hoefde er niet mee te schudden, dat ging vanzelf. Zijn vrouw at met zuinige hapjes van een stuk stokbrood. Een tafeltje verder zaten twee dames tegenover elkaar. Ze waren in de zeventig en droegen precies dezelfde beige zomerjurk. Twee halen, één betalen. Een van hen sneed haar croissantje in partjes om die even later een voor een met behulp van een vork in haar mond te stoppen.

In de hoek van de zaal zat een man alleen. Een veertiger, schatte ik. Hij had een Ray-Ban-zonnebril op en droeg een cap met een logo dat ik niet kende. De pet was niet aangedrukt, waardoor hij losjes op de roodbruine krullen lag. Met een lepel harkte de man een grote omelet van zijn bord. Zijn ellebogen steunden op de armleuningen van een rolstoel.

De serveerster zag me zwaaien. Opgewekt kwam ze op me af.

'*Bonjour*. Mag ik uw kamernummer, monsieur?'

Ik pakte de sleutel en slingerde met de kabouter.

'*Ah oui*, de kabouterkamer. Nummer 214.'

Ik liet de pluchen kabouter knikken met zijn bolle toet, keek scheel en perste mijn wangen rond. Het meisje keek even om zich heen en boog toen voorover. 'Het kan nog veel erger.'

'Onmogelijk,' zei ik.

‘Wat dacht u van de vleermuiskamer, helemaal zwart geschilderd, zwart beddengoed. Er is zelfs zwart wc-papier.’

Ik knikte. ‘En hebt u nog iets stoers in de aanbieding, *mademoiselle?*

‘Dan beveel ik u de ridderkamer aan. Zwaarden boven het bed, schilden aan het plafond, maliënkolders aan de muur.

Ik kruiste mijn wijsvingers voor mijn gezicht. ‘*En garde!*’

Ik kreeg een onbedaarlijke zin om me jonger voor te doen dan ik was.

‘Hete koffie of lauwe thee?’ vroeg ze grijnzend.

‘Eikeltjeskoffie?’

Ze keek over mijn schouder naar de deuropening. Haar gezicht stond meteen weer in de seniorenplooi.

‘Goed, koffie, meneer, ik kom het u zo brengen.’

Achter me hoorde ik langzame voetstappen. De aankomst van de Roze Trui.

‘Lekker geslapen, meneer de wielrenner?’

‘Ja, heerlijk. Ik waan me in een sprookje van Hans Christian Andersen.’

De Roze Trui glom. Hij legde de lamswollen mouwen in een strakkere knoop.

‘Ik zal mijn vrouw Coco vertellen dat u de inrichting mooi vindt. Dat stelt ze op prijs.’

De Roze Trui liep in hoog tempo de andere tafels af om te informeren of alles smaakte.

Terug in mijn warme kamer ging ik op het onopgemaakte bed liggen. Na een sloot Franse koffie, twee croissants met Cocojam en een omelet moest de broekriem een gaatje ruimer. Met de afstandsbediening zapte ik van kanaal naar kanaal, tot ik bleef hangen bij een zwart-witfilm op de RAI. Een puber reed met zijn scooter over de ringweg van Rome. De kilometerteller werd close in beeld gebracht; hij reed 95. De jongen gaf extra gas en trok toen zijn voorwiel omhoog. Toen hij langs een vriendenclub reed, trok hij het sleuteltje uit het contact op het stuur. Terwijl hij op één wiel balanceerde, zwaaide hij er even mee. De vriendenclub in de berm was euforisch door de stunt. De jongen stak het sleuteltje er weer in, startte de motor en landde op zijn voorwiel.

'*Yeah*,' riep ik, vanaf mijn bed.

Een meisje met sluik haar voor haar dromerige ogen liep naar de jongen toe toen hij tot stilstand was gekomen. Ze pakte zijn gezicht en zoende hem langdurig op zijn mond. De camera draaide om de twee heen.

Ik zapte verder. Op Eurosport was een herhaling van een zeilwedstrijd. Ik trok het tweede kussen onder mijn hoofd en volgde de boten op het scherm. Een saaie kijksport zonder duidelijke finish. Het kaboutervrouwtje lag naast me op de grond. Ik trok haar aan de korte beentjes naar me toe en hield haar voor mijn gezicht. Ze keek dom uit haar ogen.

Met mijn linkervuist gaf ik haar een uppercut. Ze klapte hoog tegen de muur en tuimelde achter de televisie.

Ik zette het geluid uit en zag hoe twee meiden een boot in het gareel hielden op het wilde water. Een van hen hing in een trapeze. Ze scheerde met haar rug over het wateroppervlak. Hard werken. Nergens bespeurde ik een laagje vet op haar lichaam. Dit waren topsporters.

Mijn benen voelden nog stram van de autorit. Ik snakte naar beweging. Mijn hand gleed over mijn dijen naar mijn buik. Nee, geen sixpack. Verre van. Maar hier in Hôtel Neuf had ik al snel het lichaam van een jonge god. De andere gasten zouden zich alleen in de nabijheid van een defibrillator aan een kwartiertje ochtendgymnastiek wagen.

Toen ik mijn ogen opendeed zag ik op televisie een autoreclame voorbijflitsen. De digitale klok onder de televisie gaf half twaalf aan. Ik had bijna twee uur geslapen.

Het was de hoogste tijd om te sporten. Mijn fiets lag nog in de doodskist op de auto. Tot voor kort dacht ik dat er alleen ski's in lagen. En lijken, zoals in slechte speelfilms. Een fiets bleek er ook wonderwel in te passen, al moest je de wielen losmaken van het frame.

Ik pakte de hoorn van het telefoontoestel naast mijn bed en drukte de 9 in.

'*La réception, bonjour.*'

'*Madame Coco?*' zei ik, mijn Frans zo goed mogelijk articulerend.

'*Yes.*'

'*C'est chambre 214.* Ik kom straks de fietsroute bij u afhalen, goed?'

'*Yes, very nice. À bientôt.*'

Ik stapte uit bed en kleedde me om. Ik koos voor het wielershirt dat ik op internet had besteld: een model in de kleuren bruin en zeegroen. In het midden liep een witte horizontale baan waarop in kapitalen het woord GALIBIER stond, als ode aan de hoge Alpentop die sinds 1911 in de Tour de France wordt bedwongen. Dat zouden de mensen uit de Languedoc kunnen waarderen, gevoelig als de Fransen zijn voor traditie. Vooral als het hun eigen historie betreft.

Via een zijuitgang van het hotel liep ik naar mijn auto. Ik strekte me om de skikoffer open te klikken en het frame eruit te tillen. Naast me zag ik vanuit een geparkeerde Nissan een man naar me gluren. Belgisch nummerbord. Geen taalbarrière. De man stak zijn hoofd door de raamopening.

'Die kunststof dingen wegen niets meer in deze tijd, hè?'

Die opmerking had ik al zo vaak gehoord.

'Ik rij nog op een stalen frame,' antwoordde ik kalm.

'Bent u niet bang dat u valt? Eén steentje op de weg en hup, daar ligt u.'

'Er zijn ook mensen die dood in bed worden gevonden,' zei ik.

Het bleef stil.

Ik tilde mijn frame boven mijn hoofd en zette het zorgvuldig op de grond. Daarna pakte ik de wielen uit de achterbak. Ik begon ze vast te draaien.

'Nou, goede reis dan maar,' zei de man.

'Merci.'

Met de fiets aan de hand liep ik naar het hotel. Een route halen en wegwezen. Ik zette de fiets tegen een muur naast de ingang.

Madame Coco stond bij de receptie achter een tafel met kleine potjes jam en stukken ezelinnenzeep.

'Ah, daar bent u,' zei ze. Ze wapperde met een kopietje van de streek waarop de fietsroute stond gemarkeerd. 'Het is een lekker tochtje van veertig kilometer, uitgestippeld door een van onze obers uit het restaurant. Hij komt hier uit de buurt en fietst ook graag een rondje. Niet al te heuvelachtig, weinig auto's, prachtige natuur.'

Met mijn wijsvinger volgde ik de route, die met rode stift was aangegeven.

'O ja, nog iets. Als ik zo vrij mag zijn. Aan een andere gast, mister Collins, vertelde ik over uw sportieve plan. Hij zou graag met u meefietsen.'

Ik dacht na. Fietsen deed ik het liefst alleen, gezelschap was het laatste waar ik zin in had. Met een paar vrienden in Rotterdam deed ik weleens een rondje rond de Rotte. We kenden elkaars kracht; we reden graag stevig door, demarreerden een paar keer, maar nooit met het idee om elkaar te lossen. We reden meestal in eenzelfde tempo.

'Mister Collins zit omgekleed en wel in zijn kamer op de begane grond. Hij vroeg of ik hem wilde bellen als u ermee instemde. Dan staat hij hier zo voor de deur,' zei Coco.

Ze moest aan me zien dat ik twijfelde.

'O, wees niet bang dat u hem niet verstaat. Het is een Amerikaan.'

Een Amerikaan. Die reed op zo'n lelijk model van Trek. Wedden? Of op een Ridley. Een oud-profrenner beweerde ooit dat een Ridley-frame gemaakt is van oude kachelpijpen. Stijlloze fietsen.

Ik haalde diep adem en liet de lucht langzaam via mijn neus onhoorbaar weer naar buiten lopen.

'Oké,' zei ik.

Madame Coco knikte. Ze pakte de telefoon en tikte een nummer in.

'*Bonjour, this is Coco calling. It's all right. You're welcome... Okay, bye.*'

Ze hing op.

'Mister Collins staat in een paar minuten voor de ingang van het kasteel. Veel plezier.'

Ik liep naar buiten en zag de twee oude dames van het ontbijt bij mijn fiets staan. Een van hen had mijn bidon in haar hand. Ze rook aan het tuitje. Ze schrok toen ze me zag aankomen.

'O, daar bent u alweer. Mag ik vragen wat er in dit ding zit?' Het waren Nederlandse vrouwen, zussen zo te zien.

Ik trok de bidon uit haar hand. 'Een isotone dorstlesser met een geselecteerde hydraatsamenstelling, die verloren mineralen meteen aanvult.'

'Het rook een beetje naar citroensap,' weerde de vrouw zich moedig.

'Nee hoor, er zit bosui in, met een snufje koriander en saffraan.'

De dame keek naar haar zus, enigszins uit het veld geslagen. 'Juist, ja,' zei ze. Ze trok haar zus mee en in een traag tempo liepen ze gearmd de tuin in.

Tussen de parkeerplaatsen en de entree van het hotel was een terras gemaakt. Een groot deel van de stoelen in de schaduw was bezet door hotelgasten. De grijsaards keken stuk voor stuk mijn kant op. Alsof ze nog nooit een man op een fiets hadden gezien.

'*Hi, I'm Fats*,' klonk het achter me.

Ik draaide me om. Dit was dus mister Collins. Ik herkende hem aan zijn cap. Een man zonder benen. Hij zat laag in een kuipstoeltje met verchroomde wielen ernaast.

Ik gaf hem een hand.

Fats droeg een oversized mouwloos T-shirt met in woeste letters HELL erop. Aan zijn wielen zaten twee cirkelbuizen bevestigd die hij met zijn handen kon ronddraaien. Vanuit zijn kuipstoel liep een smal frame naar voren met aan het uiteinde daarvan een klein zwenkwiel.

'*Let's go!*' riep Fats. Hij draaide met een handige beweging aan de wielen en reed de poort uit.

Pas halverwege de oprijlaan fietste ik naast hem. Ik moest zo gewoon mogelijk doen, nam ik me voor. Dit was een volstrekt normaal ritje met een man zonder benen die fietste met zijn armen.

'Hier rechts,' zei ik.

De namen van de dorpen waar we op af moesten koersen zaten in mijn hoofd. En anders stonden ze op het opgevouwen A4'tje van Coco in mijn achterzak.

De smalle asfaltweg voerde ons door het glooiende landschap. De boeren hadden het hooi bij elkaar gebonden, het lag in grote ronde balen her en der op het land.

Het was goed dat Fats dikke handschoenen aanhad; hij was

niet zuinig op zichzelf en gaf de buizen aan de wielen voortdurend een flinke zwieper. Vlak voor zijn ongeschoren gezicht zaten twee hendels waarmee hij zijn verzet kon aanpassen.

De rustige weg was hier een stuk vlakker. Zonder gevaar kon ik naast hem rijden.

'Je hebt er zin in,' zei ik.

Hij keek voor zich uit met een serieuze blik. 'Hoe bedoel je?'

'Nou, je rijdt lekker door.'

'Wat dacht je dan?' reageerde Fats geërgerd. 'Dat ik een beetje zielig zonder beentjes op een kleedje bleef zitten bij die teven in Hôtel Neuf? *Come on!*'

Hij schakelde naar een zwaarder verzet en dreef zijn rijwiel naar een hogere snelheid. Ik keek op mijn teller. 33 kilometer. Een hoog tempo voor een handwielrenner.

Dit was een Amerikaan van de gestampte pot: niet kleinzielig, open.

'Auto-ongeluk?'

'Nee, bermbom, in de buurt van Jalalabad. Taliban. *Motherfuckers*.'

Fats versloeg me in directheid.

'Waar kom je vandaan?'

'Uit Buckeye, vlak bij Phoenix, Arizona. Ken je het Gila National Forest? Daar fietste ik altijd op mijn mountainbike, met mijn godverdomde poten, als ik vrijaf had van Afghanistan. Elanden en beren, dat waren mijn vrienden als ik op hoogte kwam. Ik bleef vaak boven in een tentje pitten.'

Hijgen deed Fats niet.

We reden door een dorp. Ik herkende de naam van Coco's routekaart. Na het centrum zou er een flinke klim van 6 procent beginnen naar een hoger gelegen bos.

'Het wordt straks even steil,' zei ik, beseffend dat het voor Fats loodzwaar zou zijn.

In de verte zag ik het asfalt al omhooggaan.

'*Allez, allez!*' riep een man langs de kant. Hij had een vuile overall aan en maakte zijn handen schoon met een poetsdoek.

'*Fuck off, French pig!*' hoorde ik naast me.

We zaten op het steile stuk. Fats zwalkte met zijn rijwiel van links naar rechts. Zijn T-shirt raakte doordrenkt van het zweet. Hij ging stapvoets. Ik ging met één hand rijden en gaf hem ondertussen een duw.

'*No pushing, fucker!*'

'Sorry,' zei ik haastig en ik trok mijn hand terug.

Fats wilde op eigen kracht boven komen. Het lukte hem nog ook. Boven daalde de weg meteen weer. Hij schakelde naar een zwaarder verzet en draaide een paar keer fanatiek aan zijn wielen. Het tempo vloog omhoog. Zonder reserve begon hij af te dalen. Hij gooide zijn bovenlijf de bochten in. Ik keek op mijn tellertje: 62 kilometer.

Fats was gek.

Ik moest denken aan de tijd dat ik verpleeghulp was, na mijn middelbare school. Een half jaar lang werkte ik in een verpleegtehuis om geld te verdienen voor een reis. In een kleine kamer woonde een blinde Surinamer zonder benen. Aangevreten door suikerziekte. De man duldde nauwelijks hulp. Onverwoestbaar was hij. Zijn armen hadden veel werk overgenomen van zijn ontbrekende benen. Hij kon zichzelf met behulp van zijn armen van een liggende houding in bed in een rolstoel krijgen. Het kostte hem alleen moeite om op het toilet te komen en tijdens mijn dienst moest ik hem daarbij helpen. Het was de eerste keer dat ik stompjes zag: zwarte ballonnen met een knoopje aan de onderkant.

De afdaling was voorbij. Fats en ik reden weer naast elkaar.

'Ik heb na het ongeluk een paar marathons gedaan,' zei hij hijgend. 'Boston, New York. Was niks. Moest je een half uur na de lopers starten, dan kwam je nog eerder aan. Daar baalden de organisatoren altijd van. En de omroepmensen helemaal. Zaten ze te wachten op zo'n snelle Keniaan op dunne beentjes, zoefde ik voorbij in mijn bolide. De paniek op die gezichten als ik bij de finish aankwam. Haha. Motherfuckers.'

De bovenarmen van Fats waren bijna net zo dik als mijn dijen. Ik moest echt tempo rijden, anders raakte ik hem kwijt. Af en toe dook ik achter zijn brede rug om uit de wind te rijden. Zoals baanrenners een luw plekje vonden achter een lijvige gangmaker. In formatie reden we door het centrum van het volgende dorp. Er stond een terras uit bij de traditionele Bar Tabac. Remmen, daar deed Fats niet aan. Ik keek van angst naar beneden toen we het dorpskruispunt overstaken. Gelukkig, niets van rechts. Toen ik opkeek zag ik de bezoekers van het terras naar ons staren, met hun handen als zonnekleppen boven hun ogen.

Bij een veld vol zonnebloemen wuifde Fats met zijn rechterhand. Hij schoof zijn wagentje langzaam naar rechts. Toen hij bijna geen snelheid meer had, reed hij het ding de berm in en zette zijn wielen op de handrem.

'Nog een nadeel van het ongeluk: ik moet om de haverklap zeiken. Dat hele handeltje van onderen is naar de kloten.'

Discreet bleef ik schuin achter Fats staan, nog net op het asfalt. Hij schoof naar de rand van het kuipstoeltje en rommelde aan zijn kruis. Even later druppelde hij zijn blaas leeg. Een straal kon je het niet noemen.

'Het is maf. Ik voelde de druk van een brandweerslang, maar uiteindelijk is dit het resultaat.' Het gedruppel ging door.

Wat kon je zeggen tegen een man zonder benen die in de berm onhandig een plas deed?

'Kijk uit dat je niet over je schoenen pist,' floepte ik eruit.

Ik zag de rug van Fats schudden. Daarna begon hij te bulderen. Hij stopte alles wat buiten hing terug in zijn fladderbroekje en duwde zichzelf met rare heupbewegingen weer achter in de stoel van zijn fiets.

Voor ik er erg in had klikte hij de handremmen los, reed achteruit en stond weer op de weg.

Ik keek in een lachend gezicht. *'Like your style, motherfucker,'* zei Fats. Hij hief zijn rechterhand om een high five te ontvangen. Droog was de handschoen allerminst, maar ik kletste die van mij er toch maar vol op.

Het was heet geworden. Ik wees naar een koninginnenpage. De geelwitte vlinder fladderde van tak naar tak en stak zijn roltong in paarse bloemen om de nectar op te kunnen zuigen.

'Mooi leventje. Vliegen, in de natuur rondhangen, beetje eten en drinken in de zon,' zei ik.

Er kwam nog een tweede koninginnenpage naar de bloem gevlogen. Ik was te weinig thuis in de vlinderwereld om te weten of het hier een stelletje betrof.

'En echt oud worden ze niet. Lijkt me ook fijn,' zei Fats.

Hij lurkte aan het doorzichtige slangetje dat aan zijn bidon was gemonteerd. Blauwe vloeistof ging tegen de zwaartekracht in omhoog zijn mond in. Zijn nectar.

'Logeer je in je eentje in het hotel?' vroeg ik.

Fats knikte. 'Drie jaar geleden had ik ook een kamer in Hôtel Neuf. Met mijn vrouw. Ze was gek op de rode wijn uit deze streek. Bitch. Ze is van me af. Ze trok het niet dat ik mijn poten kwijt was.'

Hij zoog weer wat sportdrank uit zijn bidon. Ik zag zijn adamsappel werken.

'O, ze was zo begaan, de eerste maanden. Karretje duwen, mij in bad doen, haartjes wassen. Maar ja, ik zei je net, van onderen is die handel van mij naar de maan. Nog geen jaar later was ze weg, met een vriend van me uit het leger. Een lul op twee benen.'

Fats keek naar de struiken voor hem. De vlinders waren inmiddels vertrokken. Rond de leeggezogen bloemen cirkelde een hommel. Door zijn schichtige bewegingen kreeg ik de indruk dat hij niet in de smalle kelk durfde te landen. Op hoge snelheid vloog hij weg.

'En jij? Ook alleen?'

'Eh, hier wel, ja. Mijn vrouw is in Nederland gebleven. Ze moest werken.'

Fats keek me aan. 'Fijn toch? Kun jij zonder geouwehoer lekker fietsen. Is ze slim?'

Ik knikte.

'En mooi ook zeker?'

Ik knikte nog eens. 'Ja. Ongelooflijk lange benen.'

'Motherfucker.'

Het laatste deel van de tocht zat ik achter de rug van Fats. Waar haalde hij de energie vandaan? Op een klim over een flinke heuvel na ging de kilometerteller nergens onder de 30. Hij leefde met de helft van zijn lijf. Zou hij last van fantoompijn hebben? Hoe langer ik me fixeerde op Fats' armen, des te meer zag ik er benen in: harige benen, met ellebogen als knokige knieën, handen als enkelgewrichten met extreem lange tenen. Hij was een druppelaar, maar ook een ijzersterke geest in een half lichaam.

We reden de onverharde weg naar Hôtel Neuf op. Met onze voorwielen reden we tot aan het automatische hek. Het bleef potdicht. Kennelijk reageerde het systeem alleen op autobanden. Ik duwde op een belletje aan de muur. Het hek ging knarsend open.

Er was niets veranderd op het landgoed. De portier met het wijnrode colbert tikte met zijn vingers aan zijn pet toen we langsreden. Fats salueerde serieus, als een officier. Kin omhoog, borst naar voren, hand strak aan het hoofd, alleen het klakken met de hakken ontbrak.

Ik klikte een schoen los van het pedaal en stopte op de parkeerplaats. Fats hield ook in. Het terras verderop zat vol met hotelgasten. Een ober bediende de dames met hun identieke jurken. Twee kopjes thee, daar durfde ik om te wedden. De gasten hadden ons nog niet opgemerkt.

Op een afgezaagde boomstronk naast de entree rookte het ontbijtmeisje een sigaret. Ze maakte een tingelend gebaar met haar vrije hand, als teken van herkenning. Ik vond haar nog mooier dan die ochtend.

Fats zag onze begroeting. 'I Feel Good', zong hij, voorafgegaan door een James Brown-kreet.

'Dorst?' vroeg ik hem.

'*A Heineken,*' antwoordde hij.

Een Heineken-pils in Frankrijk, dan was je een rijk man. Ik wenkte het meisje. Ze drukte haar sigaret uit onder haar schoen en liep onze kant op.

'We wilden graag een bestelling plaatsen,' zei ik. 'Of zit je werk erop voor vandaag?'

'Nee hoor. Wat mag het zijn?'

'*Heineken, bottles,*' zei Fats, terwijl hij twee vingers opstak.

Overtuigd dat Fats zou meedoen, deed ik het meisje een verzoek. Ik kneep mijn linkeroog een beetje dicht.

'Wil je ze naar de jacuzzi brengen?'

Ze aarzelde. 'Eigenlijk mag er geen glaswerk naar de jacuzzi.'

'En eigenlijk mag jij hier niet roken,' zei ik.

Ze keek schalks en hield haar wijsvinger voor haar gesloten lippen.

Bij wijze van eed stak Fats zijn hand omhoog.

Het meisje knikte. Ze liep weg op de voorkant van haar voeten, waardoor ze bij iedere pas leek te zweven.

'*Great chick*,' zei Fats.

De jacuzzi lag ongeveer honderd meter verderop in de tuin. Je kon er via een onverhard pad komen. Alleen het laatste stukje moest je over het gazon. Ik klikte mijn pedaal vast en begon te trappen. Natuurlijk wilde Fats niet achterblijven. Hij draaide wild aan zijn wielen. We raasden langs de ingedommelde meute op het terras.

Fats deed het geluid na van een claxon.

'*Attention, attention!*' schreeuwde ik.

De oudjes verstijfden in hun stoel. Een van de zussen liet haar schoteltje op het gras vallen.

We reden het pad af, het gazon over en stopten bij de jacuzzi. Ik stapte van mijn fiets. Uit mijn ooghoeken zag ik hoe moeilijk het voor Fats was om zelf van zijn rijwiel te stappen. Ik stak mijn armen uit. Hij wilde er niet van weten. Met zijn armen stuwde hij zijn lijf naar voren. Pas toen hij zag dat de jacuzzi een lastig opstapje had, accepteerde hij mijn hulp. Als een gemankeerde aap gooide hij zijn armen om mijn nek. Ik sleurde hem de treden op en hielp hem het water in.

Het was een groot bad. Fats en ik konden tegenover elkaar zitten en dan nog hadden we een zee van ruimte. Hij trok zijn T-shirt uit. Ik deed hem na. De woorden GALIBIER en HELL lagen als een wielergedicht naast elkaar op het gras.

Bij mijn hoofd zaten de knoppen om de jacuzzi aan te zetten. Het paneel zag er ingewikkeld uit. Ik drukte maar wat in. In mijn rug voelde ik harde waterstralen pulseren. Onder Fats kwamen enorme luchtbellen vandaan. Hij zette grote ogen op.

'*French garlic*,' zei Fats hinnikend. Hij wapperde met zijn handen heen en weer.

'Heineken, *messieurs*. Ik zet ze op de rekening van de kabouter.'

Het meisje hield de twee flesjes boven onze hoofden. Het leek wel een spel op de kermis. We grepen gretig naar het bier.

'Join us, baby,' riep Fats het meisje overmoedig toe. Ze schudde haar hoofd.

'Sorry, ik moet kabouters poetsen.' Ze liep met een leeg dienblad over het gazon terug naar het kasteel.

Met de kop van het bierflesje duwde ik op een andere knop. De jacuzzi begon te bruisen. De stompjes van Fats kwamen bovendrijven. Ik zag hoe slecht de huid aan elkaar was gehecht. Overal wild vlees.

'Ik zit hier morgenmiddag weer,' zei ik. 'Jij?'

Fats was even stil. 'Ik zou wel willen, maar ik heb een belachelijk duur hotel geboekt in Normandië. Ik ga naar de krijtrotsen, kijken hoe de geallieerden daar ooit aan land zijn gekomen. En daarna naar een Amerikaanse begraafplaats. Al die witte kruisjes, daar moet ik een keer in mijn leven langs gereden zijn.'

Hij zakte met zijn hoofd en bleef onder water.

Over het gazon kwam iemand aanlopen. Ik herkende de oneven pas van de Roze Trui.

'Alles naar wens?' vroeg hij.

'Zeker,' antwoordde ik.

Fats kwam traag en proestend bovendrijven.

'Mag ik u in het vervolg verzoeken om niet over ons gazon te fietsen? Het is pas bemest. O ja, en wilt u de jacuzzi niet te lang in deze hoge stand laten staan? Zo verbruikt hij veel energie. Merci.'

De Roze Trui ontknoopte de mouwen van zijn trui en liet ze los naast zijn buikje bungelen.

Fats keek de man na. 'Wat een motherfucker. Zet dat ding eens hoger, op tien.'

'En dat allemaal voor maar tweehonderd euro per dag,' zei ik.

Expres drukte ik alle knopjes tegelijk in. Het bad dampte en kolkte. Fats trok zijn sportbroekje uit en gooide het naar zijn fiets. Ik kon niet achterblijven. Ondertussen stuwde het bruisende water van de jacuzzi ons omhoog.

Als twee witte baby's dreven we.

Lek

Achter de voordeur blafte een hond met hoge uithalen. Zijn nagels krasten tegen het hout. Ik haalde mijn vinger van de deurbel en deed een paar passen achteruit.

Een vrouwenstem.

'Smollie!'

De hond begon harder te blaffen.

'Smollie, af!'

De deur van het houten zomerhuis ging open. Een vrouw stond voorovergebogen op een kokosmatje om de hond in bedwang te houden. Ze had blond ongekamd haar in een paardenstaart, grote, vragende blauwe ogen en een stevig lichaam dat maar net in haar roze trainingspak paste.

Ze kwam overeind. Op haar borst stond het woord LOVE.

'Zeg het 'ns?' vroeg ze, terwijl ze de hond aan zijn halsband vasthield. Het was een bulterriër, ik herkende die varkensachtige kop uit duizenden.

Op een klassenfeest van de middelbare school was ik ooit gebeten door zo'n hond. De bulterriër kwam naast me staan toen ik een hap wilde nemen van een toastje met filet americain. Toen ik hem afweerde, beet hij in mijn hand. Sindsdien loop ik liever een blokje om voor een bulterriër. Voor alle honden eigenlijk.

'Eh, ik ben aan het fietsen,' zei ik.

'Ja, dat zie ik ook wel,' antwoordde de vrouw, terwijl ze zonder gêne naar mijn natte onderbenen keek.

Mijn fiets stond achter me in de regen tegen een tuinhek.

'Ik heb een lekke band. Ik heb plakspullen, alleen geen pomp. Misschien hebt u er een te leen?'

De vrouw blies haar wangen bol terwijl ze nadacht. 'Ik zal even kijken.'

Op de vloer van het halletje lag geel zeil dat bij de plinten omhoogkroop. De deur naar de slaapkamer was open. Er stond een ledikant waar twee slaapzakken op lagen.

De vrouw sleepte de hond aan zijn halsband naar de slaapkamer en sloot hem op. Het beest begon meteen weer te blaffen.

'Toen we 'm kregen was hij al vals, eigenlijk had hij afgemaakt moeten worden,' zei de vrouw.

Ik knikte.

Naast de kapstok trok ze een gangkast open. Op de grond stonden een paar vuilniszakken, tot aan de rand gevuld met kleding. Ze duwde ze opzij en boog diep voorover in de kast. De witte huid van haar onderrug kwam vrij.

'Kom eens hier, oudje,' zei ze. Triomfantelijk trok ze een fietspomp omhoog. Hij was gemonteerd op een houten plankje.

'Fijn. Daar gaat het vast mee lukken,' zei ik.

Ik zette de pomp op de grond, trok het handvat omhoog en duwde het weer naar beneden. Er rolden een paar pluizen langs de plint.

'Zet je fiets anders maar even binnen. Het zeikt als een wezenloze.'

'Dat is aardig. Ik ben met een kwartiertje klaar.'

'Zie maar, joh,' antwoordde ze. 'Ik ben hier nog wel even.'

Rustend op zadel en stuur kon mijn fiets net omgekeerd in het halletje staan. Eerst maar eens aan het profiel van de buitenband voelen, misschien was een glasscherf of een scherp steentje de boosdoener, dan wist ik meteen waar het gaatje zat. De derailleur tikte tijdens het draaien van het wiel. De band gleed door mijn handpalm. Niks. Mooi glad.

De vrouw was naar de huiskamer gelopen en stond met de rug naar me toe. Ze had stevige heupen en een smakelijk vetrandje dat onder het roze trainingsjack vandaan piepte. Een wolk sigarettenrook hing boven het blonde haar.

Ik haalde het plaksetje uit mijn shirt, pakte er twee bandenlichters uit en stak ze een voor een tussen de band en de velg. Voorzichtig trok ik de binnenband tevoorschijn.

Met een colablikje in de ene en haar sigaret in de andere hand kwam de vrouw bij me staan. Ze blies rook uit.

'Gaat-ie?' vroeg ze.

Ik had een verloopje op het ventiel gedraaid en pompte met een paar slagen de binnenband op.

'Ja hoor. Kijken of ik het gaatje kan vinden.'

In de slaapkamer sloeg de hond aan.

'Godverdomme, Smollie. Kop dicht!'

Door het geblaf kon ik het ontsnappen van lucht niet horen. Ik hield de band tegen mijn oor. Ik voelde dat hij langzaam zachter werd.

'Aardig huisje. Nog vakantie?' vroeg ik.

De vrouw gooide haar brandende peuk in het blikje cola.

'Nee, mijn man en ik wonen hier het hele jaar door. Mag eigenlijk niet. Het is officieel een zomerhuisje, maar zolang niemand erover zeurt, prima toch?'

In haar trainingsbroek ging een mobiele telefoon af. Ik zag het display door de stof heen oplichten. De vrouw zette het blikje op een plankje onder de gangspiegel en nam op.

'Bar, hoi. Waar hang je uit?'

(...)

'File? Waar dan?'

(...)

'Het begint zo, hè?'

Ze liep de huiskamer weer in. Ik hoorde haar doorpraten: 'Ja, schiet op, want ik krijg dat ding niet aan de praat.'

De hond hield zich eindelijk koest. Ik pompte de band opnieuw op en hield hem vlak bij mijn oor.

'Niet gek opkijken zo, er zit een vent in de hal. Hij had geen pomp.'

(...)

'Ja ja, heel grappig, Bar.'

Ze ijsbeerde door de kamer en schaterde hard.

'Nee, Jim is weg. Hij heeft oproepdienst. Hij is om een uur of negen thuis. Hij zit ergens in Dordt. Kapotte lift in een kantoor.'

(...)

'Goed, zie je zo.'

Ze stopte de telefoon in haar broek, trok het elastiekje van haar paardenstaart los, wapperde met haar haren en deed het elastiekje er weer in. Ze verdween uit beeld. Ik hoorde wat gerommel en daarna een harde klap. Ze sloeg ergens op.

'Kutding,' zei ze, met een uitgerekte k.

De bel klonk boven mijn hoofd. De hond sloeg aan. Omdat de vrouw niet meteen uit de huiskamer kwam, besloot ik open te doen. Raar. Het was net of de vrouw die in de huiskamer rondliep in de deuropening stond, met maar één verschil: het trainingspak van deze vrouw was rood. Ook op haar borst stond LOVE.

De vrouw in het rood stapte met uitgestrekte hand op me af: 'Hai, ik ben Barbara.'

Tweelingzussen. Barbara droeg net als haar roze zus haar blonde haar in een paardenstaart, had hetzelfde figuur, dezelfde huidtint, voortanden, ogen. Alleen haar lippen waren opvallend voller.

'Lekke band, hè? Ik hoorde het van Erna,' zei ze.

Ik knikte. 'Ja, ik ben zo weg, hoor.'

Barbara liep de huiskamer in. Ik hoorde klapzoenen als begroeting. Voorzichtig stak ik mijn hoofd om de hoek.

'Sorry, maar mag ik misschien een teiltje met water? Dan kan ik het lek makkelijker vinden.'

Barbara liep naar de keuken. Ik hoorde een kastje open- en dichtgaan. Ze kwam aangelopen met een afwasteil.

'Water kun je uit de kraan in de wc tappen.'

Terwijl ik de teil tot de helft met water liet vollopen, hoorde ik de twee stemmen in de huiskamer, af en toe onderbroken door weer een harde klap. Het klonk of er met vlakke hand ergens op werd geslagen.

'Jezus, het is al begonnen, denk ik.'

'Kutding.'

Het verschil tussen de stemmen van de zussen was miniem.

De binnenband lag nu ondergedompeld in het teiltje dat op de grond stond. Na inspectie van een kwart van de band zag ik een fijn sliertje luchtbellen omhoogkomen. Het gaatje was gevonden. Ik draaide het ventiel los, liet de lucht eruit lopen en beet in het rubber om het lek te markeren.

'Kun je ons misschien even helpen?'

De twee zussen stonden naast elkaar in de deuropening. Roze en rood, het vloekte op een plezierige manier.

'Natuurlijk. Met wat?'

'We krijgen de computer niet aan de praat en we moeten zo naar iets kijken,' antwoordde de vrouw in het roze.

Ik liep achter de tweeling aan de huiskamer in. De ruimte was vochtig, de ramen waren beslagen.

Een monitor met een vergeeld toetsenbord ervoor stond op

een campingtafel. De snoeren aan de achterkant kwamen uit bij de computer op de grond.

'Zo, dat is een oudje,' zei ik.

'Ja, we doen er eigenlijk nooit wat mee. We zijn meer tv-kijkers.'

De computer stond al aan. Ik hoorde een ronkend geluid, het propellertje voor de koeling draaide.

'Hij bromt, dat is een goed teken,' blufte ik. Thuis belde ik al een mannetje voor het verwisselen van een lamp.

Het scherm gaf geen beeld. Op mijn knieën controleerde ik de verbindingskabel tussen monitor en computer. Die leek me in orde. Op de grond lag een stekkerdoos met verschillende aansluitingen. Een van de stekkers was gebroken, je kon de bedrading zo zien liggen. Ik ging staan en trok aan het snoer. Op het scherm zag ik iets flikkeren.

'Stekker kapot, denk ik.'

De tweeling keek me schaapachtig aan. Duidelijk. Ik moest dit voor hen oplossen.

'Hebben jullie een schroevendraaier?'

'Daar vraag je me wat. Misschien in de bestekbak,' zei Erna. Ze liep naar de keuken.

Ik zette de computer uit en trok de stekker los.

'Verwachten jullie een belangrijke mail?' vroeg ik Barbara.

'Nee, de ex van Er is onverwachts overleden.'

'O, sorry, gecondoleerd,' zei ik, terwijl ik er niets van begreep.

'Nee joh, maakt niet uit,' riep Erna, die met een schroevendraaier in haar hand terugkwam uit de keuken. Ze reikte me het gereedschap aan.

Ik schroefde de stekker open. Er lag een draadje los. Was dit het mankement? Zorgvuldig duwde ik het koperdraadje in het gaatje. Terwijl ik het schroefje aandraaide, vroeg ik me af wat de relatie was tussen de computer en de dood van de ex van Erna.

De zussen zaten op de bank te wachten tot er beeld was.

'Ze zijn al twintig minuten bezig. Het is tien voor één,' zei Barbara.

Op hoop van zegen dan maar. Ik stopte de stekker in het contact en drukte op de aan-en-uitknop van de computer. Geratel. Op het scherm verscheen de naam van de computerfabrikant.

'Ha, kijk. Beeld. Hij doet het weer,' zei ik triomfantelijk.

'Bar, tik jij die www enzovoort even in,' zei Erna. 'En als de koffie klaar is, roep ik je, handige Harry.'

Ik liep terug naar mijn fiets in de hal. In het Simson-doosje zat een schuurpapiertje. Ik ging er een paar keer mee over het gaatje.

'Heel goed,' klonk het vanuit de huiskamer. 'O, kijk, we moeten een code intikken. Die staat helemaal onderaan op de kaart, Bar. Z-4-R-V-6-4-P-P.'

Het werd stil in huis. Moest de computer hard werken?

Ik pakte de tube en draaide het rode dopje eraf. De doorzichtige lijm kwam er al een beetje uit gelopen.

Solutie. Ik moest er altijd even aan ruiken. Met een paar vriendjes zaten we vroeger op de knieën in de bosjes achter mijn ouderlijk huis, waar we een tube Simson aan elkaar doorgaven. Een paar keer diep inhaleren via je neus en je voelde je al lekker duizelig in je hoofd. Na een tijdje vielen we achterover en vertelden we smerige dingen aan elkaar. We kronkelden van het lachen, een stuip die niet meer te stoppen was. We gingen door tot het tubetje helemaal leeg was. We knipten het zelfs open om de laatste lijmdruppel niet onbenut te laten.

'Ja hoor, hij werkt!' riep Erna.

Uit de speakers van de computer klonk muziek. Trage akkoorden van een kerkorgel met alle registers opengetrokken. Ik smeerde solutie op de band en het plakkertje en blies de lijm een beetje droog. Met beide duimen drukte ik het plakkertje stevig aan. Ondertussen spitste ik mijn oren om geen woord van de tweeling te missen. Waar keken ze naar?

'Het is best druk. Dat is altijd maar weer afwachten.'

Het plakkertje zat vast. Ik zette de slang op het ventiel en pompte een klein beetje lucht in mijn band. Er lekte geen lucht.

De orgelmuziek was opgehouden. Vanuit de kamer klonk 'You'll Never Walk Alone' van Gerry and the Pacemakers.

'Welke idioot heeft dat nummer uitgekozen? Dit zingt Lee Towers altijd als Feyenoord eens wat wint. Hij is juist altijd voor Sparta geweest.'

Ik kon de stemmen van de tweeling inmiddels uit elkaar houden. Dit was de roze zus, ze eindigde haar zinnen zangeriger dan Barbara.

Waren ze een herhaling van een voetbalwedstrijd aan het kijken? Dan zou dit de opkomst van de clubs moeten zijn. Maar wie was de 'hij' over wie ze steeds spraken?

Het laatste stukje van de buitenband moest er met extra kracht in gewipt worden. Ik zette een bandenlichter tussen de band en de velg. Oppassen dat ik die binnenband niet lekprikte, dan kon ik opnieuw beginnen. Het lukte. De rand van de band floepte keurig over de velg heen.

'De koffie is klaar. Kom je even bij ons zitten?'

Ik keek om de hoek. Barbara wees met de koffiepot in haar hand naar de bank.

Erna zat met haar benen onder haar achterste en hield haar ogen onafgebroken op het kleine scherm gericht. Veel plek was er niet op de bank. Ik probeerde te vermijden dat mijn dij tegen Erna aan kwam. Barbara ging aan de andere kant naast me zitten.

'Kijk dat tyfuswijf van 'm.' Erna wees naar het scherm.

'Die jurk, joh, lekker veel inkijk,' zei Barbara. 'Het blijft een hoer, zelfs op zo'n dag.'

Het computerscherm liet rijen zittende mensen zien. Met serieuze, bedrukte gezichten keken ze voor zich uit. Ze droegen nette kleren. Op de eerste rij zocht een vrouw met een zwarte hoed iets in haar handtas.

Barbara legde amicaal haar hand op mijn dij en maakte aanstalten om me iets toe te vertrouwen. Ze wees naar haar zus. 'Erna's ex is afgelopen dinsdag overleden. We kregen deze rouwkaart. Er stond op dat je ook via internet de begrafenis kon bijwonen. Met een code.'

Ze liet me de kaart zien.

'Bizar. En het werkt nog ook,' zei Barbara.

De eerste rij in de aula kwam in beeld. Erna herkende iemand. 'Die snol heeft haar lippen laten botoxen. Zeker weten.'

Ze ging op haar knieën zitten. Voorovergebogen schonk ze de koffie in de drie mokken, waardoor ik vrij uitzicht had op haar borsten. Ze deed geen moeite ze te verhullen.

'Suiker, melk?' vroeg ze.

'Ja, allebei graag,' zei ik.

Ze gaf me een mok die tot de rand toe vol zat met gloeiend hete koffie en liep naar de keuken voor suiker en melk. Zachtjes blies ik in de mok.

Barbara begon te fluisteren. 'Erna haat hem nu, achteraf. Maar hij was heel leuk, hoor. Ik heb ook een paar keer met hem in bed gelegen. Dat weet ze natuurlijk niet.'

Ik blies opnieuw in de mok. Te hard. Een golfje koffie sloeg over de rand.

'Harry heeft gemorst, neem even een doekje mee, Er!' Barbara wendde zich snel tot mij. Weer fluisterend: 'Het is misschien wel de lekkerste vent met wie ik ooit heb gevogeld. De gekste dingen hebben we gedaan.' Ze keek naar de keuken. 'Pak nog even een rol chocoladekaakjes uit de kast, Er.'

Onmiddellijk kroop Barbara weer tegen me aan. 'Hij vertelde

dat mijn zus zo preuts was. Ze durfde niks in bed. Heel saai op en neer en klaar.'

In de keuken sloeg een deurtje van een kastje dicht. Erna liep met een doekje en een rol koekjes de huiskamer binnen. Ze gooide de rol naar Barbara.

De kist kwam in beeld. Hij stond voor in de aula. Een sober, lichthouten model.

'Prima kissie. Van mij mag de fik erin.' Met het doekje in haar hand kwam Erna naast me zitten. Ze pakte de mok uit mijn hand, maakte de onderkant droog en gaf hem weer terug. Met een handige beweging depte ze met het doekje tussen mijn dijen.

Links voelde ik haar warme lichaam door de roze trainingsbroek heen. De zussen roken alle twee naar een overdadige, identieke parfumgeur. Iets van kamperfoelie.

'Lul,' zei Erna, toen de camera inzoomde op de foto op de kist.

'Kom op, Er, je kon het toch goed met hem vinden?' zei Barbara.

'Ja. Tot hij met andere wijven begon te kloten.'

Barbara kneep in mijn dijbeen.

In de aula liep een man naar de microfoon. Hij trilde en had een wandelstok nodig.

'Zijn vader,' vertrouwde Barbara me toe.

'Jezus, wat is die oude bok rimpelig geworden,' zei Erna.

De man hield een relaas over vroeger. Over de onbezorgde jeugd. Het werd me duidelijk dat hij aan de kist van zijn enig kind stond. Ondertussen maakte de camera schokkerige beelden van de toehoorders.

Erna: 'Zo. Ome Fer is een beetje kaal geworden.'

Barbara: 'Tiny. De muts.'

Erna: 'Daaltje heeft weer een jurk uit de zak van Max getrokken.'

Pas toen de werkster in beeld kwam vielen er een paar aardige woorden.

'Een stelletje schijnheilen zijn het. Ze wisten dat John rotzooide terwijl hij met mij ging,' zei Erna.

Barbara hoestte opzichtig.

'Waar is je ex aan overleden?' vroeg ik.

'Hij was in de Beatrixhaven aan het werk toen er dikke stalen platen omlazerden. Hij kon niet op tijd wegkomen. Op slag dood.'

Ze keek weer naar het scherm. In de aula werd alles klaargemaakt voor de finale.

'Ik moet een peuk,' zei Erna. Ze stond op en liep naar de keuken.

De kist werd op een baar met wielen naar voren geduwd. Het luik ging open.

'Kom, Er. Hij gaat zo het gat in.'

De begrafenisondernemer verzocht de aanwezigen te gaan staan. Barbara ging ook staan. Ze hees haar broek op.

'Er, kom nou, hij gaat bijna.'

Met een sigaret in haar mond kwam Erna aangelopen. Ze ging achter de bank staan, met haar handen vlak bij me op de rugleuning. Haar sigaret stak ze nog niet op.

In de aula werd een cd opgezet; ik herkende het nummer van U2, ik kon alleen niet op de titel komen. Het was of Erna mijn gedachten kon raden.

'Dacht ik wel. "I Still Haven't Found What I'm Looking For". Draaide hij iedere week wel een paar keer keihard in de auto. Zeiknummer.'

'Lekker romantisch,' zei Barbara.

Vier dragers in zwart pak gingen twee aan twee naast de kist staan. Ze deden op aangeven van de begrafenisondernemer hun hoed af. Er volgde een korte stilte. Een van de vier gaf een knikje.

Ze legden hun handen om de grepen en duwden de kist richting het gat.

Ik voelde Barbara's warme dijbeen weer tegen me aan.

Erna stond nog steeds achter de bank. 'Zet het vuur maar lekker hoog!'

Barbara zocht mijn hand. Ze wreef met haar vingers over de mijne. Ik voelde gepolijste nagels. Toen ik opzij keek, zag ik dat ze had gehuild. Ze bleef voor zich uit kijken, naar de mensen op het scherm die geduldig op het teken wachtten dat ze de aula konden verlaten.

Het luik naar de oven werd traag gesloten.

Erna murmelde iets onverstaanbaars.

De begrafenisondernemer nam het woord: 'Nu we zo mooi afscheid hebben genomen van John, wil ik u vragen om de familie te volgen, richting foyer, waar we met elkaar iets kunnen drinken. Namens de familie dank ik u alvast hartelijk voor uw aanwezigheid. Ook degenen die via internet deze crematie hebben bijgewoond.'

Erna stond op en drukte op de uitknop van de computer. Het beeld ging uit, met een korte flits.

Barbara was weggeglipt. In de keuken hoorde ik de kraan lang lopen.

'Ik ga mijn band maar eens oppompen.'

In het halletje maakte ik een stel stevige slagen met de fietspomp tot de band goed vol was. Mijn voorband kon ook wel wat extra lucht gebruiken.

Met een aarzelende pas kwam Barbara het halletje in. Ze ging met haar rug tegen de muur staan. Ik kneep met mijn duim en wijsvinger in de voorband. Er konden nog wel een paar slagen bij.

Barbara keek toe hoe ik steeds door mijn knieën ging tijdens het pompen. Erna kwam naast haar staan. Ze was iets kleiner dan haar zus, zag ik nu pas.

De banden waren hard genoeg. Ik liet de fiets iets te hardhandig op zijn wielen landen. Het stuiterende achterwiel liet een paar strepen achter op het zeil.

'Dank voor de lucht en de koffie.'

'Jij bedankt, Harry, voor het maken van de computer,' antwoordde Erna.

Barbara probeerde met haar ogen diep tot me door te dringen. Wat wilde ze met die blik? Nog een keer haar geheim bezegelen?

Op het pad van groen geworden tuintegels klikte ik mijn schoenen vast aan de pedalen. Erna stond in de deuropening. Ik reed het pad af en draaide de weg op. Nu verscheen Barbara voor het raam. De zussen konden elkaar onmogelijk zien.

Barbara tekende met haar wijsvinger iets in de condens op het raam. Ik herkende de vorm van een hartje. Daarna ging haar hand eroverheen, als de wisser van een glazenwasser.

Erna stond nog steeds in de deuropening. Ze trok de rits van haar roze trainingsjack dicht tot aan haar kin. Ik richtte mijn zwaaiende hand naar de hoek van het huis, precies tussen de voordeur en het raam in. Zo zwaaide je een tweeling uit. Een groet door de helft.

Roodroze.

De bulterriër schoot achter Erna langs. Hij rende de straat op en kwam me blaffend achterna.

Bocht

Het leek of ik de wereld door een plastic boterhammenzakje zag. Bomen als groene vlekken, de lucht een grijze deken.

Ik voelde een druppel over mijn slaap lopen. Mijn ogen bleven tranen. Heel even slaagde ik erin de snelheidsmeter op mijn stuur af te lezen. 69 kilometer per uur. Snel keek ik weer naar het asfalt voor me. Mijn blik was wazig.

Dalen was een genot. Het fietsen werd teruggebracht tot lef. Lef om hard te rijden. Mijn gewicht drukte op mijn polsgewrichten. In de remmen knijpen was uit den boze. Goede dalers remden al voor de bocht door met hun bovenlichaam precies genoeg wind te vangen. In de bocht namen ze weer hun aerodynamische zit aan, waardoor de snelheid opliep.

Dalen was evenwicht bewaren tussen hersens en onderbuik, tussen harder en zachter, tussen trappen en remmen. Elk moment kon de snelheid je de baas zijn. Dat mocht je nooit laten gebeuren.

Vanuit mijn hotel in Spoleto was ik op de bonnefooi gaan rijden. Dit deel van Umbrië was glooiend en ruw. In het eerste uur van mijn tocht was ik over goed onderhouden wegen door dorpjes geslingerd. Aan één stuk door rijden lukte niet. Ik moest in de straten inhouden voor parkerende auto's, opbrekingen, loslopende honden en marktkramen.

De afgelopen kilometers was het landschap leger en leger geworden. De wegen hadden geen markering meer en verkeer was er nauwelijks.

Ik knipperde weer met mijn ogen om de snelheid af te kunnen lezen. 71 kilometer. Ik boog verder naar voren; het puntje van mijn neus kwam bijna tegen het stuur. De bochten liepen hier mooi; ik kon ze goed aansnijden en hield overzicht voor het geval er een tegenligger kwam.

In de binnenberm stond een verkeersbord, dat een bocht naar links aankondigde. Ik voelde me zeker van mijn zaak. Het wegdek was droog, ik kon straks lekker scheef gaan hangen.

Een ervaren profrenner had me eens verteld hoe je een bocht goed doorkwam. Nooit vlak voor je kijken, was zijn devies. Volgens hem registreerden je ogen oneffenheden in het wegdek veel beter van grotere afstand. Als je pas op een paar meter van je voorwiel een gat in de weg opmerkte, had je het niet goed gedaan. Je had het al veel eerder moeten zien.

Daar was de bocht al. Mijn linkerknie duwde ik naar buiten. Zo moest het. Ik dook op hoge snelheid in elkaar. Handen in de beugel. Scheef hangen. Heup naar het wegdek. Niet wrikken met mijn billen. Linkerpedaal in de hoogste stand zodat hij het wegdek niet zou raken.

Het ging goed.

De bocht was iets scherper dan ik had verwacht.

Geen paniek.

Verhoogde activiteit in mijn hersens. Niet remmen. Ik zag de roestige paal van het verkeersbord, ik zag dat het gras rond de paal hoger was dan in de rest van de berm, ik zag een paar meter verder een wit plastic paaltje met een reflectieplaatje staan, ik zag dat het plaatje met drie kruiskopschroeven was vastgemaakt.

Verdomme. Ik reed te hard.

Ik ging rechtop zitten om meer wind te vangen. Onzeker schoof ik naar achteren op het zadel. Ik probeerde meer naar de binnenkant van de weg te sturen, maar dreef er juist verder vandaan. Er was niets aan de hand. Helemaal niets. Geen gekke manoeuvres maken. Ik had nog alle tijd om in te grijpen.

Ik zag de kronkelige scheurtjes in het asfalt onder me, ik zag het kleurverschil van de steentjes in de binnenberm.

Door de snelheid moest ik uitwijken naar het buitenste deel van de bocht. Ik keek voor me: geen tegenliggers. Mazzel.

Ik had de bocht nu voor de helft gerond. Ondanks het rechtop zitten bleef mijn snelheid te hoog. Remmen was onverstandig, dan zou het wiel onder me vandaan slippen. Er lag nog maar één meter asfalt rechts van me. Ik moest meer naar het midden zien te komen. Toch maar in mijn remmen knijpen?

Ik zag het grind, vlak voor me op de weg. Kleine losse steentjes.

Remmen?

Nee.

Of toch?

Ik remde en gaf een ruk aan het stuur.

Te laat.

Het was stil. Merkwaardig stil. Het geluid van de suizende wind was verdwenen. Ik keek om me heen. Ik lag in de berm op een bed van prikkende takken, met de asfaltweg aan de ene kant, het dal aan de andere kant.

In mijn linkerschouder voelde ik een stekende pijn. Alsof er een dolk in gestoken was. Voorzichtig trok ik de arm naar me toe. Tijdens het schuiven merkte ik dat doornen in mijn huid krasten.

Ik lag op mijn rug in een struik, met mijn gezicht naar de hemel gericht. Langzaam duwde ik mijn kin op mijn borst. Op mijn armen, maar ook op mijn benen, zag ik rode krassen. Ik kreeg mijn linkerarm niet verder omhoog. Mijn rechterarm was nog in orde.

Ik voelde aan mijn wang en bekeek daarna mijn vingers. Bloed.

Om bij de grond te komen reikte ik omlaag. Lukte niet. Weer zaten de takken met doornen in de weg. En weer voelde ik een gemene steek in mijn linkerschouder.

Sleutelbeen gebroken? Hoeveel wielrenners had ik na een val niet naar dat bot zien grijpen?

Door de snelheid was ik zeker drie meter van de weg af geraakt. Ik draaide mijn hoofd de andere kant op en zag dat de berm vervaarlijk schuin naar het dal afliep. Dit was een slechte plek geweest om te landen. Ik had hulp nodig. Zelf kon ik onmogelijk uit de struik komen.

Ik deed een grove telling van de takken die mij met hun doornen omstrengelden. Vijftig, misschien wel zestig. Ik probeerde er een los te trekken, maar de tak was zo sterk en koppig dat hij direct weer terugveerde in zijn oude stand. Ik probeerde een andere tak, maar ook deze kreeg ik niet los.

In de verte hoorde ik het geluid van een auto; ik hoorde aan de motor dat de bestuurder naar een hogere versnelling schakelde. Zou de bestuurder me straks zien liggen? Er lagen veel takken over me heen.

Het motorgeluid kwam dichterbij. Ik zwaaide met mijn goede hand en begon te schreeuwen. 'Help, help!'

Door de struiken heen ontwaarde ik een rode auto. Met een Italiaans nummerbord.

'*Aiuto!*' riep ik in schoolboeken-Italiaans.

Mijn geschreeuw werd overstemd door de auto, die ronkend de bocht nam. Ik zag hoe de achterkant van de bestelwagen uit beeld verdween. Op de bumper herkende ik een sticker van AC Milan. Een haastige noorderling.

Het was laat in de middag, de zon ging schuil achter een grijs wolkenpak. In mijn schouder bonkte het bloed, dat geen doorgang leek te krijgen in het gewricht.

Mijn fiets hing naast me in de struik, op het eerste gezicht zonder schade. Ik zag nu pas dat mijn schoenplaatje aan het pedaal was blijven zitten. Het moest tijdens de val van mijn schoen afgescheurd zijn.

Het drong tot me door dat ik op mezelf was aangewezen. De streek was dunbevolkt, de kans was klein dat er snel weer een auto zou langskomen.

Mijn blauwe wielershirt zat onder de donkere vlekken. Twee kleuren rood. Het heldere rood van bloed uit mijn snijwonden. En roodpaars. Ik zag nu pas dat ik omgeven was door bramen. Ik plukte er een en stopte die in mijn mond. Lekker zoet. Van de honger zou ik voorlopig niet omkomen.

Het begon harder te waaien. Aan de donkere wolken te zien was er regen op komst. Ik kreeg kippenvel op mijn bezwete huid. Er zou toch wel een keer iemand langs komen wandelen? Een natuurliefhebber tijdens een lange wandeling op zoek naar stilte? Of waren er geen toeristen in deze omgeving?

Nog niet zo lang geleden had ik in een tijdschrift gelezen hoe een stelletje tijdens een vakantie in Australië was vast komen te zitten met hun huurauto in de woestijn. Nietige speldenknopjes in een overweldigende natuur. Reddingswerkers in helikopters moesten de ogen van een sperwer hebben om gestrande mensen te vinden. Het stel was niet op tijd gevonden.

Stom genoeg had ik mijn telefoon in het hotel gelaten. Niet nodig tijdens een klein rondje, dacht ik.

Als er straks weer iemand langskwam, moest ik ergens de aandacht mee trekken. Ik kon mijn shirt uitdoen en ermee zwaaien. Maar het zou me niet lukken om het uit te trekken; ik kon mijn bovenlichaam door de stugge braamtakken nauwelijks bewegen en als ik mijn linkerarm ook maar een klein beetje opschoof, verging ik van de pijn.

Zou mijn hotel alarm slaan als ik vannacht nog niet terug op mijn kamer was? Voor hetzelfde geld bekommerden ze zich niet om het wel en wee van de gasten of hielden ze discreet afstand. Ze hadden het bedrag voor mijn verblijf al binnen. Ik had vooruitbetaald voor een lang weekend.

In de verte hoorde ik een auto komen. Bergopwaarts deze keer. De bestuurder had een sportieve rijstijl, hij schakelde veelvuldig en gaf tussengas. De motor maakte een driftig geluid door het hoge toerental.

Ik begon alvast te schreeuwen. Deze kans moest ik aangrijpen. Misschien dat korte uithalen meer opvielen.

'Hé-hé-hé-hé-hé!'

De auto scheurde op hoge snelheid door de bocht.

Het was duidelijk dat mijn noodkreet niet gehoord was. Het geluid van de motor weerkaatste tegen de flanken van de omliggende heuvels en ebde weg.

Ik probeerde opnieuw een dikke tak van mijn lichaam af te draaien. Het lukte niet. De tak zwiepte als een stugge zweep terug.

Daar lag ik dan. Weerloos, op doornentakken. Een vuurtje eronder en ik was de Maagd van Orléans. Ik kantelde mijn hoofd en keek naast me, naar mijn fiets. Met mijn vingers kon ik misschien tot bij de bidonhouder komen. Ja, met mijn wijsvinger raakte ik de onderkant. Ik strekte me uit. De bidon had nog een duwtje nodig. Ik trok een droog takje los van de struik. Met één beweging prikte ik de bidon uit de houder. Hij viel boven op de struik en rolde mijn kant op.

Mazzel.

Terwijl ik de zoete smaak van de dorstlesser proefde, wist ik: deze bidon kon mij redden.

Ik had maar één kans. Ik moest hem over de struik slingeren en hopen dat de bestuurder van de volgende auto hem zou zien vliegen. Dat zou genoeg argwaan moeten wekken om te remmen.

Ik nam nog een laatste slokje, niet te veel, ik had het gewicht van het vocht in de bidon nodig om lekker te kunnen gooien.

Het was zeker een half uur geleden dat de laatste auto gepasseerd was. Het begon te schemeren. Ik rilde aan één stuk door en in mijn schouder bleef het bloed bonken. Als een handgranaat lag de bidon in de palm van mijn hand.

In de verte meende ik motorgeluid tussen de hellingen te horen. Af en toe was het weg, maar het kwam terug, steeds iets duidelijker.

Eén kans. Ik wist het.

Het kwam op goede timing aan, een slinger met de arm. Beter iets te vroeg dan te laat, anders kon je de bidon niet zien. Als het misging zou ik in deze struik de nacht moeten doorbrengen.

Het geluid klonk hoog, vermoedelijk remde de bestuurder tijdens de afdaling op de motor. Het leek me geen grote auto.

Met mijn ogen dicht taxeerde ik het motorgeluid. Ik schatte dat de auto nog ongeveer honderd meter van me verwijderd was. Ik controleerde of de dop van de bidon goed dichtzat en gooide hem een paar keer een klein stukje omhoog om te wennen aan het gewicht.

Het motorgeluid kwam dichtbij. Voor ik de auto zou zien opdoemen, moest ik al gegooid hebben. Ik wachtte nog heel even.

Door de takken heen zag ik het schijnsel van een koplamp.

Nu.

Ik strekte mijn arm, haalde diep adem en gooide de bidon over de struik. Ik keek het ding na. Hij had de goede snelheid en hoogte.

De auto draaide door de bocht, ik keek recht in een dunne baan licht. Waar bleef de tweede koplamp? Stuk?

Nee. Het was een motorfiets.

De motorrijder trok aan zijn stuur om de bidon te omzeilen. Met een klap was het ding een paar meter voor het voorwiel op de grond gevallen. De dop schoot los. Het vocht spatte door de lucht. Door de struik heen zag ik de motorrijder remmen. Zijn banden gleden door. Hij moest alle zeilen bijzetten om niet te vallen. Vlak voor de berm kwam hij tot stilstand.

Ik begon te schreeuwen.

'Aiuto! Sono qui, aiuto!'

Ik zwaaide met mijn arm in de hoop dat mijn hand boven de struik zichtbaar zou zijn. De bestuurder zette zijn voeten naast de motor. Hij stond een paar meter bij me vandaan.

'*Qui, qui!*' riep ik uitgelaten.

De motorrijder stapte van zijn motor af, duwde hem in de berm en tikte met zijn laars de standaard uit. Hij deed het vizier van zijn helm omhoog. '*Stronzo. Faccia di cazzo!*'

Zijn stem klonk woedend. Hij zocht een manier om bij me in de buurt te komen. Hij schreeuwde iets in het Italiaans. Wat ik ervan verstond was dat hij wel dood had kunnen zijn.

'*Scusi,*' zei ik, terwijl ik met mijn ene hand een hulpeloos gebaar maakte.

De motorrijder stond naast de struik. Ik richtte mijn hoofd zo ver mogelijk op.

Vurige ogen, een snor boven vlezige lippen. Stoere kop.

Het licht van de motor scheen door de struik.

Ik wees naar mijn sleutelbeen en trok een grimas van de pijn. Ik imiteerde het geluid van een botbreuk. 'Krk!'

'*Broke?*' vroeg de motorrijder.

Ik knikte.

De man taxeerde de ligging van mijn lichaam.

'*One moments,*' zei hij.

Hij liep naar zijn motor en hing zijn helm aan het stuur. Vanonder het zadel trok hij een leren etui tevoorschijn. Ik hoorde het kletteren van gereedschap.

Hij kwam op me af gelopen met een tang. Gedecideerd pakte hij de onderkant van een bramentak vast en knipte hem door.

'*Grazie,*' zei ik.

Terwijl ik doodstil bleef liggen, knipte de motorrijder de takken een voor een voor mijn gezicht weg.

'*Grazie mille.*'

De man bleef knippen. Tussendoor veegde hij het zweet van zijn voorhoofd. Hij trok de rits van zijn jack een stukje open. Hij droeg een rood T-shirt met een lage hals. Aan een kettinkje op zijn borst danste een kruisje.

Nu begon hij takken rond mijn bovenlijf weg te knippen. Ik kreeg meer bewegingsvrijheid. Met mijn rechterarm hielp ik hem; ik hield de takken stuk voor stuk stil, hij knipte ze door, ik gooide ze weg.

Ik probeerde een laatste grote tak van mijn benen af te krijgen. De Italiaan nam hem van me over. Eindelijk was ik los. Opgelucht wurmde ik me uit de struik. Ik voelde hoe mijn kuiten nog een paar nieuwe diepe krassen opliepen.

Ik was vrij.

De motorrijder ging op zijn hurken naast me zitten en keek naar de sneeën in mijn bovenbenen.

'*No good.*'

Ik klikte mijn helm los en legde hem naast me neer. Met mijn vingers voelde ik aan mijn wang. Een diepe snee.

De motorrijder greep in de zak van zijn jack. Hij gaf me een rode boerenzakdoek en tikte met zijn vinger tegen zijn wang. Ik vouwde de zakdoek een paar keer dubbel en duwde hem tegen de wond.

Terwijl ik mijn wang depte, klonk uit het jack van de motorrijder een vrolijke ringtone. Het zwoele Italiaanse deuntje deed me denken aan een dagje strand. De motorrijder pakte de telefoon en drukte een toets in. Hij luisterde meer dan dat hij zei. Af en toe een '*sì*' en een korte vraag. Zijn gezicht betrok. Hij keek op zijn horloge.

'*Okay, vengo subito.*'

Hij drukte het gesprek weg.

'Wat is er aan de hand?' vroeg ik.

Hij zweeg en dacht na.

'*Hospital.* Mijn vrouw is met spoed opgenomen. Ik moet weg.'

Met zijn duim wreef hij regendruppels van het display.

'Ze is zwanger. Het kind dreigt te vroeg te komen.'

'Hoeveel maanden is ze?' vroeg ik.

'Zevenentwintig weken. Het is nog veel te vroeg. Ze ligt in het ziekenhuis van Spoleto, ik moet er snel heen.'

Dat hij haast had begreep ik. Maar ik mocht op deze inmiddels donkere, verlaten plek mijn eigen belang niet uit het oog verliezen. Zijn vrouw was vermoedelijk al in goede handen. Haar hartslag werd in de gaten gehouden, koude stethoscopen gleden over haar buik, een vol infuus hing klaar aan de haak.

'Mag ik mee naar het ziekenhuis?'

'Wat? Achter op de motor? Nee. Sorry.'

De motorrijder deed de rits van zijn jack dicht. Hij keek weer op zijn horloge en schudde zijn hoofd.

'Waarom eigenlijk niet?' vroeg ik.

'Gewoon, omdat het niet kan,' zei hij kortaf.

'Je laat me hier toch niet achter?'

'Het is een te klein zadel voor ons twee.'

Ik keek naar de motor. Het zadel had inderdaad een bescheiden maat.

Hoe kreeg ik de man alsnog zover? Ik tikte tegen mijn sleutelbeen en liet duidelijk horen dat het pijn deed.

'Wedden dat je ervoor wordt beloond?' zei ik.

'Hoe bedoel je?'

De motorrijder keek me verward aan.

'Ik zag je kruisje. Je bent katholiek.'

De ogen van de man schoten heen en weer. Hij keek weer op zijn horloge en controleerde meteen daarna zijn telefoon. Hij mompelde iets onverstaanbaars.

'Goed, we doen het. Laten we ouderwets bidden dat het goed gaat,' zei hij.

De zakdoek kreeg hij van me terug. Hij wierp hem resoluut in de berm.

Ik negeerde alle spierpijn en liep met mijn linkerarm tegen mijn buik gedrukt de paar stappen naar de motor. De man deed zijn helm op en duwde zijn motor van de standaard. Hij gooide zijn been over het zadel en wenkte me. Met mijn goede hand greep ik zijn schouder beet. Ik hees mezelf op het kleine zadel en zette mijn schoenen op de voetsteunen. Het zadel liep schuin naar voren, waardoor ik tegen hem aan gleed. Mijn pijnlijke arm zat tussen mijn borst en zijn rug geklemd.

'Okay?'

Ik stak mijn duim op.

De man klapte zijn vizier dicht en startte de motor.

'Houd me maar bij mijn middel beet,' riep hij.

Gegeneerd legde ik mijn arm om zijn buik.

Voorzichtig gaf hij gas. Langzaam reden we weg van de plek, weg van mijn fiets. Gelukkig lag hij uit het zicht. Ik zou hem morgen met een hotelbusje kunnen ophalen. Hopelijk werd hij vannacht niet gestolen.

'*How many kilometres?*' vroeg ik.

'*Quattordici. Pain?*'

'*Little bit*,' zei ik terwijl ik steken in mijn arm voelde.

We konden elkaar ternauwernood verstaan boven het geluid van de ronkende motor uit. Het was een oud beestje, zag ik aan het logo op de tank. Een Moto Guzzi.

De motorrijder bewoog zijn bovenlijf heen en weer.

'*You the same*,' riep hij.

Ik begreep het: hangen in de bocht, het bovenlijf meebuigen.

Het asfalt glom van de regen. Vlak voor de bocht kneep ik met mijn vingers angstig in het jack van de motorrijder. Ik sloot mijn ogen. We helden naar links, de motor lag schuin in de bocht. Het voelde precies hetzelfde aan als op de fiets. Ik ging scheef hangen en drukte me stevig tegen hem aan.

De man reed op hoge snelheid door de bocht. Door mijn wimpers heen zag ik dat zijn knie maar een paar centimeter boven de weg hing. Als ik een onverhoedse beweging maakte, lagen we samen op de grond. Ik sloot mijn ogen weer en gaf me over aan zijn stuurmanskunst.

Er volgde nog een bocht. En nog een.

Toen ik merkte dat we minder schuin reden, opende ik mijn ogen. Zonder problemen reden we de laatste bocht uit. Er lag nu een lange strook voor ons die naar het dal leidde.

De motorrijder keek om. Hij deed de klep omhoog. Ik keek in zijn lachende gezicht. Nu we eenmaal reden, leek de spanning rond de zwangerschap van zijn vrouw van hem af gegleden.

'Je bent je helm vergeten,' riep hij.

Hij lag nog in de berm.

'*Stupido!*' riep ik.

De motorrijder tikte het vizier naar beneden, keek weer voor zich en schoof naar achteren op het zadel. Misschien zat hij normaal wat verder van het stuur.

Ik schoof ook iets naar achteren. Een felle steek in mijn schouder. Ik onderdrukte een schreeuw. De man draaide het gaspedaal open. Ik keek over zijn schouder. Honderdtien kilometer, op een smalle weg, in de regen. Veilig was anders.

Om te benadrukken dat ik hem dankbaar was, zocht ik weer contact.

'*The baby is your first child?*' vroeg ik.

'*Yes, primo*,' antwoordde de man terwijl hij opzij keek.

We draaiden een flauwe bocht in. Hij nam nauwelijks gas terug.

'*Vacanze?*' schreeuwde hij.

'*Yes, yes.*'

'*Solo?*'

'*Solo, with the bike, yes.*'

We passeerden een verkeersbord met SPOLETO erop. Nog vier kilometer te gaan.

De motorrijder leek het als een aansporing te zien om flink gas te geven. Hij schoof weer wat naar achteren. Ik schoof mee. Als ik nog verder naar achteren zou schuiven, zou ik van het zadel glijden.

Terwijl de snelheidsmeter op 120 kilometer stond, keek de motorrijder om, hij beet op het puntje van zijn tong en grijnsde. Ik moest maar stevig beethouden, anders viel ik.

Hij moest afremmen voor een stoplicht. We kwamen in de buurt. Ik zag het stadje voor me tegen een heuvel liggen. De motorrijder stak zijn duim omhoog. Door het vizier zag ik zijn vragende blik.

Ik knikte.

'*Nervous?*' vroeg ik.

'*My wife is strong.*'

'*What's her name?*'

'*Raffaella.*'

Groen. Ik gooide mijn arm weer om zijn middel. We reden door de straten van Spoleto. In een zijstraat herkende ik het uithangbord van mijn hotel. Ik had zin om een paar pijnstillers in te nemen en in bad te gaan liggen.

Het geluid van de motor galmde na in de nauwe straat. In de spiegeling van winkelruiten zag ik hoe we erbij zaten: een wielrenner in fietsbroek, verstrengeld met een motorrijder in een glimmend leren pak.

Het wegdek werd hobbeliger. Minder asfalt, meer klinkers. Ik taxeerde mijn sleutelbeen door er lichtjes mee te bewegen. Een breuk, een zware kneuzing?

De motorrijder ging stapvoets rijden en stopte vlak voor de hoofdingang van het ziekenhuis. Hij strekte zijn arm zodat ik op hem kon steunen bij het afstappen. Daarna zette hij de motor op de standaard. Hij trok de helm van zijn hoofd en hield hem onder zijn arm. Samen liepen we naar binnen, gadegeslagen door twee rokende patiënten met infusen op wieltjes.

De onbezorgdheid van de motorrijder was verdwenen. Zijn duim draaide rondjes op het display van de telefoon. Bij de centrale balie vertelde hij haastig waar hij en ik voor kwamen. Terwijl hij ratelde, keek hij me af en toe aan.

'Hier links om de hoek kunt u plaatsnemen. We helpen u zo snel mogelijk,' zei de receptioniste tegen me in kalm Italiaans.

'*Grazie*,' zei ik maar weer.

De motorrijder holde weg naar de kraamafdeling.

'Succes met je vrouw,' riep ik door de gang. 'En met de kleine.'

Onder de pijpen van zijn motorpak zag ik de zoom van een spijkerbroek. Stonewashed.

Op het kuipstoeltje naast me zat een vrouw met een vaatdoek om haar duim. Het bloed schemerde erdoorheen. Ze keek naar de krassen op mijn huid en fronste haar wenkbrauwen.

'*Bicicletta*,' zei ik.

Ze stak haar provisorisch verbonden duim omhoog en maakte met haar andere hand een snijbeweging.

'Pancetta.'

Een verpleegkundige kwam me halen en bracht me naar de behandelkamer. Terwijl ze alle krassen op mijn lijf naliep, concentreerde een arts zich op mijn schouder. Zijn bril stond scheef op zijn neus. Hij klopte met zijn vingers op het gewricht.

'*No broke*,' zei hij.

Hij liep de kamer uit. De verpleegkundige pakte gaasjes en maakte de krassen op mijn huid schoon met jodium. Terwijl ze mijn arm zorgvuldig in een mitella legde, moest ik aan mijn fiets denken die kilometers verderop in de struiken lag. Ik had hem in de steek gelaten. We sliepen vannacht gescheiden, mijn fiets en ik.

De verpleegkundige ging aan een klein bureau zitten en vulde formulieren in. Ik moest mijn personalia opgeven. Ze zette een kruisje waar ik een handtekening moest plaatsen. Gelukkig kon ik het ook met rechts.

'*No bici, this week*,' zei ze, met een quasi-strenge blik.

Vriendelijk kneep ik mijn ogen toe en liep de gang op.

Ik was hier al een uur, zag ik op de klok.

Bij de balie vroeg ik naar de kraamafdeling.

'*Primo piano*,' zei de vrouw die me eerder geholpen had.

Ik nam de lift naar de eerste verdieping. Weer een balie. Een verpleegkundige keek op van haar computerscherm. Achter haar zaten een paar mannen in de gang. De motorrijder was er niet bij. Ze vroeg wat ze voor me kon betekenen. Ik zocht naar de juiste woorden, mijn Italiaanse vocabulaire was te beperkt.

'Is er een coureur op uw afdeling?'

Ze keek me niet-begrijpend aan.

'*Uomo moto. Moglie...*' Ik tekende met één hand een bolle buik.

'*His name?*'

Ik wist alleen de naam van zijn vrouw. '*Sua moglie Raffaella.*'

Ze tikte met twee vingers iets op het toetsenbord en keek op het scherm.

'Raffaella Cellini. Raffaella Vanoni. Raffaella di Napolitano.'

Vragend keek ze me aan. Ik had de keuze uit drie Raffaella's.

Achter de glazen wand van de afdeling verloskunde liepen artsen, zusters en een paar vrouwen met dikke buik en hun mannen.

'*Raffaella twentyseven weeks*,' zei ik, weer een imaginaire buik makend.

'*O dio...*' Ze beet kort op haar onderlip.

'*Dangerous?*' vroeg ik.

Ze knikte, meer voor zichzelf dan voor mij. Ze wees naar me.

'*Family?*'

'*No, friend.*'

'*Passaporto? ID?*'

Ik schudde mijn hoofd en dacht aan het zijvak van mijn koffer waarin ik mijn belangrijke documenten had gestopt.

'*Passaporto in hotel*,' zei ik.

De verpleegkundige trok een treurig gezicht. '*Closed*,' zei ze. Bedoelde ze dat het een gesloten afdeling betrof?

In een glazen ruimte achter in de gang zag ik een paar couveuses staan. De verpleegkundige had gelijk om me niet toe te laten. Met alle wonden op mijn huid en de mitella zag ik er niet fris uit. Misschien was ik ook wel eerder nieuwsgierig dan echt betrokken. Ik deed een stap opzij voor een man achter me die haar iets wilde vragen.

Toen ik nog een keer door het glas keek, herkende ik het postuur van de motorrijder bij een couveuse. Hij droeg een blauw haarnetje en had een kapje voor zijn mond. Met zijn handen wreef hij over zijn gezicht.

Weifelend stak ik mijn hand op. Zou hij me herkennen aan mijn wielershirt?

Ja, hij stak ook zijn hand op.

We keken elkaar even aan.

Ik deed mijn duim omhoog.

Hij schudde zijn hoofd. Het glas vervormde het beeld. Ik kneep mijn ogen samen.

Zijn duim wees naar beneden.

Wol

Het stoplicht stond op rood. De fietskoerier naast me deed zijn zonnebril omhoog en veegde met zijn handschoen over zijn voorhoofd.

'*Busy?*' vroeg ik.

'*Busy as hell,*' zei de jongen, terwijl hij de gesp van de koerierszak op zijn rug aantrok.

Nog steeds rood. Achter ons ronkten drie gele taxi's op rij.

Ik controleerde de spanning van mijn voorband, die ik net bij een garage had opgepompt. De koerier keek hoe ik mijn duimnagel in het profiel van de band drukte. Zo hard als wat. Ik kon de avond in met mijn fiets. De wrijving met het asfalt van de stad zou tot een minimum beperkt blijven.

'*High pressure, man,*' zei hij.

'*Yeah,*' zei ik, met een iets te populaire tongval. '*High pressure for the high priest of bop.*'

Met plezier keek ik naar de frons in het voorhoofd van de jongen. Hoe moest ik hem vertellen van de euforie die ik voelde sinds ik geland was op JFK Airport? Ondoenlijk. Bij mijn vorige bezoek aan New York moest ik nog op een huurfiets met een dameszadel op pad, deze keer was mijn eigen racefiets met me meegevlogen in het bagageruim. De fiets was vernoemd naar de hogepriester onder de jazzpianisten die jaren in New York woonde. *Thelonious*, naar Thelonious Monk.

Groen.

De fietskoerier schudde zijn zonnebril naar beneden en schoot weg op zijn afgeleefde fixed gear. De hele dag met één verzet door het raster van de stad razen.

Een donkerpaarse avondlucht hing boven de wolkenkrabbers op 6th Avenue. *Magic hour over Manhattan.* Ik manoeuvreerde Thelonious zorgvuldig tussen twee geparkeerde vrachtauto's door en stapte op. Ik was snel op tempo en bewoog onwennig mee met de verkeersstroom.

Weer een rood stoplicht. Remmen. Om mijn schoenen niet los te hoeven maken van mijn pedalen, hield ik me vast aan het dak van een wachtende taxi. Ik stond stil ter hoogte van de passagiersdeur. De klant op de achterbank keek naar de voorpagina van *The Wall Street Journal.* Om zijn pols hing een groot horloge. Ik kon de wijzers zien: drie over negen.

Het verkeer trok langzaam op. Ik trapte in het ritme van 'Monk's Mood', een ballad in mineur. Het nummer zat al weken in mijn hoofd. De tenor van Charlie Rouse huilde in het middenregister, in zichzelf gekeerd, op zoek naar houvast in het akkoordenschema.

Mijn eerste doel was Greenwich Village, een goede buurt om tweedehandsjazzplaten te vinden. Wat was er mooier dan op mijn eerste avond een collector's item te kopen en daarmee naar mijn hotel in SoHo te rijden?

In een smalle zijstraat van Bleecker Street ontweek ik een portier van een auto dat werd opengegooid. Een vrouw met een lampenkap stapte uit zonder te kijken. Ik trapte door. Vanuit mijn ooghoeken zag ik achter een smoezelige ruit platenhoezen hangen. Ik sprong met mijn fiets op de stoep en remde vlak voor de winkel.

Jazz. Ik had het goed gezien. Met mijn neus tegen de ruit bekeek ik de hoezen. Een originele Prestige van saxofonist Willis Jackson, zo te zien eerste persing. *Testifyin' Time* van Bunky Green, op het label Argo. Niet in al te beste staat, de randen van de hoes zagen er rafelig uit. Oscar Peterson. Die hoefde ik niet. Dikke Oscar mocht tien keer zo vingervlug zijn als Monk, mijn high priest versloeg hem met zijn paardensprongen van de witte naar de zwarte toetsen.

De eigenaar van de zaak kwam naar buiten met een stapel elpees. Op de bovenste hoes zat een oranje SALE-sticker. Hij zette de platen in een bak naast de deur.

We keken elkaar aan. De man knikte vriendelijk. Hij bekeek mijn fiets.

'*Wow, that's a nice frame.*'

'*Thanks.*'

De man had warrige krullen en een lange sik met aan het uiteinde een zwarte kraal.

'Wat voor merk is het?'

Ik wees naar de lichtgrijze letters op de achterste buis van het frame. De winkeleigenaar ging door zijn knieën. Hij sprak de naam van de Italiaanse framebouwer uit met het knauwerige Italo-Amerikaanse accent dat acteur Joe Pesci in de maffiafilm *Goodfellas* gebruikte.

'*Pay-go-ready!*'

'*Pegoretti*,' zei ik, zo Italiaans mogelijk.

Mijn vingers gleden over de dunne, zwarte strepen die keurig naast elkaar over de buizen liepen en die deden denken aan notenbalken.

'De fiets is een ode aan jazzpianist Thelonious Monk. Pegoretti beschildert zijn frames altijd zelf.'

De man knikte. '*Blue Monk, man, Blue Monk!*' Hij begon de melodie te fluiten. Een ogenschijnlijk simpele blues, opgebouwd uit een oplopend trapje van heldere noten.

Terwijl hij aan de kraal in zijn sik draaide, bleef hij gebiologeerd naar het frame staren.

'Wil je een kop thee?' vroeg hij. De man keek me aan. Hij had fletse ogen in een bleek gezicht.

'Ja, graag. Alleen kan mijn fiets niet op slot.'

Zijn nicotinevingers lieten de kraal los. Toen wenkte hij: 'Ach, zet Thelonious maar binnen. Achterin, drie treden af, en dan doorlopen tot het eind. Je ziet mijn fiets er ook staan.'

Ik tilde de fiets over het opstapje heen en liep door een smal pad in de winkel, links en rechts afgebakend met houten bakken vol elpees. Ik rook patchoeli, de penetrante geur die zo populair was onder hippies in de jaren zestig.

'*Campagnolo forever*,' zei de eigenaar achter me.

Hij had kijk op fietsen, anders herkende je het geluid van mijn derailleur niet. Onder aan het trapje zag ik zijn fiets staan. Althans, ik zag de vorm van een fiets. Het gehele frame was voorzien van wol. Alle buizen waren omwonden, de wielen waren zelfs helemaal dichtgesponnen. Spaken zag ik niet meer. Het was net of een spin met verschillende kleuren wol uit zijn achterste kriskras strepen over de fiets getrokken had. De driehoek van het frame was verworden tot een fijnmazig web.

'*My little Bianchi*,' zei de eigenaar liefkozend.

Ik had het klassieke Italiaanse merk door de vermomming niet herkend.

'*Her name is Loulou.*'

'Leuk,' loog ik. Een fiets van staal, dat was een vent.

Afschuwelijk, wol op een fiets. Hoe verzon hij het? Veel te soft materiaal.

Ik zette het staal van Thelonious tegen de wol van Loulou.

Lekker stel. Dat werd nog wat tussen die twee.

De eigenaar was alweer naar voren gelopen. In een opengewerkte kast zette hij een oude fluitketel op een fornuis en stak het gas aan.

Ik slenterde langs de bakken met platen. Gene Ammons leunde op Art Blakey, die op zijn beurt tegen de buik van John Coltrane hing. ABC. Daar was de D met Miles Davis, in een innige omhelzing met Duke Ellington, gevolgd door de Chicagotenoren Von Freeman en Johnny Griffin.

De fluitketel begon te krijsen, het water kookte. De eigenaar goot het hete water in twee mokken over groene muntblaadjes. Uit een vierkant kartonnen doosje met Chinese karakters haalde hij een paar minuscule zwarte balletjes die hij bij de thee gooide.

Zeer verantwoorde thee.

De eigenaar bracht me een mok. Zelf liep hij door naar de bak *new arrivals*. Behendig wandelden de toppen van zijn vingers over de bovenkant van de samengedrukte hoezen. Hij trok er eentje uit, haalde zorgvuldig de plaat tevoorschijn en legde die op de pick-up. Hij boog zich voorover, blies twee keer tegen de naald en zette de arm boven de elpee. Langzaam zakte de naald in de aanloopgroef.

Een technobeat en gehijg van mannen. Na een paar seconden wist ik het.

'"Tour de France", van Kraftwerk,' zei ik.

'Klopt, uit 1983. Toen was ik tien.'

Kraftwerk. Ik herinnerde me het nummer en de videoclip nog goed. Vier mannen achter elkaar op de fiets, rijdend als een machine.

We slurpten onze thee. In de winkel waren geen andere klanten. De eigenaar duwde met grote zorgvuldigheid de muntblaadjes naar beneden.

'Fiets je veel, op eh... Loulou?'

'Alleen heen en weer naar de winkel.'

Stiekem spuugde ik een paar bitter smakende blaadjes terug in mijn mok. Er zaten een paar aften aan de binnenkant van mijn onderlip. Ik vertrouwde de thee niet.

'Mijn moeder heeft de wol op mijn fiets gemaakt. In 1987 zijn mijn ouders in East Harlem gaan wonen, in een groot appartement in de buurt van Jefferson Park. Toen mijn vader overleed, durfde ze niet meer alleen te slapen. Nu woon ik er ook. Nog thee?'

'Nee, dank je.'

Naast mijn mok lag een stapeltje adreskaartjes, in de vorm van een plaat. PHIL'S PLACE, stond erop. SECOND HAND RECORDS, OLDIES BUT GOODIES.

Ik pakte een kaartje en hield het omhoog.

'Ben jij Phil?' vroeg ik.

'*Yep, over the hill.*'

Ik liep naar de bakken met jazzelpees en trok een oud Riverside-album tevoorschijn. Monk met Mulligan, de baritonsaxofonist. Voorzichtig trok ik de binnenhoes met de plaat uit de dikke, kartonnen hoes. De geur van een krantenarchief steeg op, van papier dat al een mensenleven lang dienstdoet als papier. Ik legde het doffe vinyl op een van de platenspelers, zette een koptelefoon op en draaide aan de volumeknop.

Monk begon meteen fanatiek te hameren op de toetsen. Ik zag hem voor me, zoals in de documentaire *Straight, No Chaser*. Monk speelde voor livepubliek en gaf stoom af. Hij droeg een satijnen hoedje en had een lange donkere jas aan. Hij zag eruit als een zwarte orthodoxe Jood met onrust in het lijf. Na zijn solo stond hij op en begon manisch rondjes te draaien, met de ogen dicht. Hij tolde zich in trance, meegesleurd door de onderstroom van zijn muziek. Onaf, zoekend, vol driftige swing.

Met de ogen dicht suizen in een heelal vol dissonanten. Dat kon alleen Monk.

Midden in Monks wilde akkoorden werden de oorkussens van mijn hoofd getrokken. Ik keek om. Het lachende gezicht van Phil.

'Slecht voor je oren, zo hard draaien.'

'Monk kan nooit hard genoeg.'

Phil liep door naar een platenbak en trok er een single uit. Op het hoesje stond een verwilderde man met een glittercape en een grote zonnebril met glazen als sterren. Hij zat tussen verschillende keyboards en keek streng de wereld in.

'Sun Ra. Te gekke muziek,' zei Phil.

Hij legde de single van Sun Ra op een platenspeler en duwde een schuifje omhoog. Uit de speakers aan het plafond klonk na enig gekraak een kakofonie van rommelige jazz en atonale elektronica. Phil stond midden in de zaak met zijn hoofd te schudden, zijn ogen dicht.

Sun Ra leefde met zijn muzikanten in een commune. Ra zag de aardbol als een onbeduidend deel van de kosmos. Met zijn spirituele muziek zocht hij contact met de Melkweg. Jupiter was een van zijn lievelingsplaneten. Daar was het goed toeven. Het aardse bestaan was Ra niet inspirerend genoeg.

'*Space is the place!*' zong Phil mee. '*Space is the place.*'

Pas na een paar minuten deed hij zijn ogen weer open. Hij keek me wazig aan, haalde de naald van de plaat en liep naar de gaspit.

'Mooi hè? Hij is voor jou. Ik zet 'm voor je apart.' Hij schoof het plaatje in de hoes.

'Da's aardig,' zei ik.

De plaat van Monk draaide door. Ik hing de koptelefoon op een haak. De baritonsaxofoon van Mulligan klonk zacht en nasaal door de oorkussens.

Phil zette een verse mok thee voor me neer op de counter. Ik durfde niet opnieuw te weigeren. Waarom konden die vieze blaadjes niet gewoon netjes in een zakje met een touwtje eraan?

'Ben je met vakantie hier?' Phil keek me aan, hield zijn beker lang aan zijn lippen en nam een slok. Er bleef een muntblaadje aan zijn voortand plakken.

'Ja, vijf dagen. Ik wil mijn fiets inwijden op de plek waar het hoort. New York was dé speelplek van Thelonious.'

Phil stond op en liep de winkel uit. Door de vieze ruit heen zag ik hoe hij de platenbak van het trottoir oppakte en naar binnen tilde. 'Het is mooi geweest. Ik gooi de tent dicht,' riep hij.

Ik keek op de klok boven de kassa. Vijf voor tien. Het was donker geworden.

'Maar blijf vooral zitten. Draai nog een plaat. Als je de plug van de koptelefoon eruit trekt, hoor je de muziek lekker hard over de boxen.'

Ik zocht opnieuw in de bak van Monk en vond een Riverside-elpee uit 1958, in behoorlijk goede staat. *At the Five Spot*. Een van zijn beste live-platen vanuit een jazzclub in Manhattan. De binnenhoes was nog van het originele, krakerige, half doorschijnende papier. Ik kon de titels op het blauwe label erdoorheen lezen; het eerste nummer was 'Light Blue', het tweede 'Coming on the Hudson', het derde 'Rhythm-A-Ning'.

Phil maakte naast de deur een spanband los. Het rolluik denderde in hoge snelheid naar beneden. Nu het stadslicht werd tegengehouden, was het in één klap zo goed als donker geworden in de platenzaak. Er stond één schemerlamp bij de toonbank en achterin bij de fietsen hing een peertje aan het plafond.

Ik trok de plug uit de installatie. Daar was Monk weer, in volle glorie. Hij leek in de eerste maten van zijn solo nog voorzichtig, als een slechtziende tastte hij de breedte van het pad af. Toen hij merkte dat er in het akkoordenschema geen beperkingen lagen, vloog hij alle kanten op. Een ongekunstelde notenbrij stroomde uit de speakers.

Monk ging loos.

Phil telde het geld dat in de kassa zat; in de gauwigheid zag ik dat het maar een paar biljetten waren die in zijn kontzak verdwenen. Het liep niet echt storm in deze platenzaak. Door de speakers klonk bij iedere rondgang van de Riverside-elpee een venijnige tik. Jammer. Anders had ik hem gekocht.

Inmiddels was Monk toe aan het tweede nummer. Was deze plaat ook een ode aan Pannonica de Koenigswarter, de jazzfreule uit New York met een voorliefde voor zwerfkatten en musici? Ze had beide wezens regelmatig over de vloer gehad in haar appartement met uitzicht op de Hudson. Aan het einde van zijn leven ontfermde Pannonica zich over Monk. Ze verzorgde de zonderlinge pianist alsof hij haar zoon was. Om eten en een bed hoefde hij zich geen zorgen meer te maken. Als een jazzclub met de auto te bereiken was, reed de freule hem met haar gammele Bentley naar zijn optreden.

Phil was op een oude bank gaan zitten tegenover Loulou en Thelonious. Hij had een blowtje opgestoken. Lichtgrijze slierten rook kringelden rond het peertje. Het weinige licht scheen op zijn hoofd. Zo onflatteus beschenen maakte hij een vermoeide indruk.

Hij nam een flinke trek van zijn joint, hield de rook lang binnen voordat hij die weer uitblies. Weer een haal. Hij ging achteroverliggen. Ik keek naar de draaiende plaat voor me. De naald gleed soepel door de groeven van het laatste nummer. Ik tikte mee met het snelle ritme dat de drummer op een van zijn bekkens sloeg.

In de achterruimte was Phil rechtop gaan zitten. Hij kon met zijn handen net bij het stuur van mijn fiets. Hij greep een rem, kneep erin en keek hoe de remblokjes tegen de velg van het voorwiel aan drukten. Opnieuw trok hij aan de rem, ondertussen kleinere trekjes nemend van zijn blowtje.

Ik vind het niet prettig als een vreemde aan mijn fiets zit. Thelonious was op mijn maten afgesteld. De fiets stond naar mij, ik stond naar de fiets. Moest ik er iets van zeggen? Ik ging staan en liep naar achteren. Phil drukte net zijn peuk uit in een glazen asbak. Hij keek me aan, het wit in zijn ogen was rood geworden.

'In de herfst wil ik een heel lange fietstocht gaan maken. Van New York naar San Francisco. *Travelin' light*. Twee kleine zijtassen, een slaapzak, een paar spulletjes, wat geld, mijn mandoline mee en maar kijken waar ik uitkom. Ik heb nog nooit een grote reis gemaakt. Mijn ouders bleven liever in de stad. Hooguit een dagje Upstate New York. Mijn vader wilde dicht bij zijn werk zijn en mijn moeder sliep niet graag in een vreemd bed. Mijn moeder is bang in het donker. Daarom ben ik maar bij haar ingetrokken. Maar ze is zo bezorgd om me. Ze wil altijd weten waar ik uithang. Ze vindt het eng, alleen in dat grote huis.'

Vanuit het niets begon Phil te snikken. Zijn schouders schokten. Hij verontschuldigde zich met wat gemurmel en liep naar de wc achterin. Ik zag het groene halvemaantje van het slot veranderen in rood.

Monk was weer terug bij het thema van het laatste nummer. De piano klonk dof. Misschien zat er stof aan de naald. Ik ging tegenover Thelonious en Loulou op de bank zitten en keek naar de wol op de fiets. Wat een monnikenwerk was het geweest, alle buizen van de fiets omwinden met draadjes wol in allerlei kleuren. De wielen waren helemaal dichtgeregen, gek genoeg deden ze denken aan de aerodynamische modellen van de profs tijdens tijdritten. Het zou wat zijn, tijdritspecialisten als Fabian Cancellara en Bradley Wiggins die tijdens de proloog van de Tour de France rondrijden op fietsen met een design van wol.

Phil kwam uit het toilet gelopen en ging naast me zitten. Hij snoot zijn neus in wc-papier, maakte er een prop van en bewaarde die in zijn hand.

'Sorry hoor, ik vind het niet makkelijk om over mijn moeder te praten.'

'Geeft niks. Ik snap het wel, je moeder verzorgen is een enorme opgave.'

'Precies.'

Hij duwde de prop tegen een neusgat.

'Thee?' vroeg hij.

'Eh, nee, dank je.'

Monk speelde het laatste akkoord. Hij hield de toetsen ingedrukt, waardoor de boventonen lang doorklonken. Daarna nam de ruis van de uitloopgroef het over. De arm ging omhoog. De pick-up sloeg automatisch af.

Ik was niet in New York om binnen op een versleten bank te zitten. Ik wilde vaart maken op het beroemde asfalt van de avenues.

'Je moeder en jij wonen toch in East Harlem? Ik ben een paar jaar terug weleens in Smoke geweest, die jazztent op de hoek van Broadway en 106th Street. Dat is in de buurt.'

Phil trok een paar keer aan zijn sik, stopte kort de zwarte kraal in zijn mond en schudde daarna zijn hoofd.

'Smoke, zeg je? Nee, ken ik niet.'

'Vanavond speelt pianist Harold Mabern er drie sets. Het is nu tegen elven, ik denk dat we de laatste set nog kunnen meemaken.'

Ik zag hem nadenken.

'Maak je geen zorgen, het wordt niet laat.'

'Dat klinkt fijn,' zei Phil. Hij liep op me af en wreef me een paar keer over de schouder. 'Dan kan ik mee.'

Hij doofde zijn peuk onder de koude kraan. Uit een mandje naast de kassa haalde hij een wollen petje en hij drukte het op zijn hoofd. Daarna gaf hij me de single van Sun Ra in handen. 'Niet vergeten.'

Terwijl ik Phil bedankte, stak ik de single onder mijn shirt, tussen de bretels van mijn wielerbroek.

Phil klikte de hoofdschakelaar uit. In het donker liepen we naar de fietsen. Op de tast vond ik Thelonious, hij Loulou. We verlieten de winkel via de achterdeur. Eenmaal op de stoep deed Phil een lampje om zijn arm. Ik had geen verlichting bij me. Vergeten in mijn bagage te stoppen.

Phil kroop op Loulou, gleed met zijn hand heen en weer over de stang, klapte drie keer op het wollen web waarmee het voorwiel bespannen was en sloeg een kruis.

We vertrokken.

Het asfalt had de warmte van de dag vastgehouden, alleen de wind was iets frisser geworden. Phil reed voor me. Ik zag hoe voorbijgangers naar hem omkeken. Een wollen fiets zagen ze ook hier niet iedere dag voorbijkomen.

We reden een route die ik niet begreep. Voortdurend sloegen we af, soms moesten we een stukje te voet via het trottoir. De route werd pas eenduidiger toen we langs Central Park noordwaarts reden. Ik keek Phil van opzij aan. Hij leek met die wapperende sik op een personage uit *In de Ban van de Ring*, alsof hij zo van een billboard van een Broadway-theater was gestapt.

We reden tot aan 110th Street. Vanaf daar konden we langs de noordzijde van Central Park rijden. Na het kruispunt met Broadway hoefden we maar een paar blokken zuidwaarts om bij 106th Street uit te komen.

De bebouwing was minder hoog geworden. Er waren in dit deel van Manhattan meer woningen dan kantoren. Veel winkels en cafés waren nog open.

Rechts voor me herkende ik de gevel van Smoke.

'Hier,' riep ik naar Phil.

We stapten af, duwden de fietsen de stoep op en zochten een goede plek om ze neer te zetten. Voor de ingang van Smoke stond een portier. Een lange zwarte man met een pet boven een vriendelijk gezicht.

'*Sir*, we komen voor het concert. Is er een stalling voor onze fietsen?'

De portier liet een diepe lach horen. 'Zijn jullie op de racefiets? Sorry, mannen. Hier komen zakenlui, Japanse toeristen. Allemaal in hun goede pak.'

Ik keek naar beneden. Blote onderbenen, witte sportkousjes, zilverkleurige wielerschoenen. Naast me stond een freak met een lange sik in T-shirt met een fiets van wol in zijn hand. Ik snapte de portier wel. Het was zijn werk om idioten buiten de deur te houden.

'Waar komen jullie vandaan? *From outer space?*'

De portier stampte een paar keer met een voet op de grond om zijn bulderlach kracht bij te zetten.

Phil leek aangeslagen. Van hem hoefde ik niets te verwachten. Ik bedacht dat ik de single van Sun Ra onder mijn shirt had zitten. We moesten de portier zien te overtuigen dat we serieuze klanten waren. Ik trok het plaatje tevoorschijn en liet de hoes aan de portier zien. '*From outer space, yes. You're right*. Wij zijn Ra-fans van het eerste uur.'

Phil sloeg aan op de achternaam. Hij begon het nummer van Ra te neuriën dat hij in de winkel met de plaat had meegezongen.

'*Space is the place!*' De portier zong het mee. Hij ging pontificaal op het trottoir staan, hief zijn handen naar de hemel en draaide met zijn heupen. Die dansbeweging herkende ik; zo danste Sun Ra toen hij ooit midden in de nacht met zijn orkest in de Jazzbunker in Rotterdam optrad.

Ik stopte het plaatje terug onder mijn shirt om te kunnen klappen voor zijn act.

De portier was om. Ik voelde het aan mijn water.

'*Guys*, jullie kennen Sun Ra? Dan hoor je bij de club. Ogenblikje.'

Hij liep naar een taxi en opende het achterportier. Er stapten een Aziatisch ogende man en een blanke vrouw uit. Ze droeg stiletto's en leek daarom een kop groter dan de man.

'*Welcome to Smoke, sir Hiu-Kee.*'

De portier boog het bovenlichaam lichtjes voorover. Hij hielp de vrouw over het trottoir naar de deur. De man gaf een fooi en liep met de vrouw naar binnen. De portier draaide zich daarna weer naar ons.

'*Sun Ra, unbelievable*. Kijk, ik zou jullie graag helpen met de fietsen, maar het is behoorlijk vol en de club is klein.'

Ik keek om me heen. Een meter of tien verder stond een lantaarnpaal. Ideaal was het niet, de lantaarnpaal stond me net iets te ver bij de entree vandaan.

'Weet je wat, we maken de fietsen vast aan die paal, maar nemen wel ons voorwiel mee naar binnen. Een fiets met één wiel, dat is niks voor een dief.'

Phil knikte.

'Kunt u een oogje in het zeil houden?' vroeg ik aan de portier.

'Zelfs als ze de kosmos in vliegen, schiet ik er nog achteraan,' zei hij lachend.

Het hangslot van Phil was — hoe kon het anders — omwonden met wol. De frames van Thelonious en Loulou werden tegen de lantaarnpaal aan elkaar geklonken. Met onze losse voorwielen kwamen Phil en ik weer bij de portier staan. Hoofdschuddend scheurde hij twee tickets af.

'Ik betaal jouw kaartje, in ruil voor die plaat,' zei ik.

Phil glunderde, enigszins verlegen. Met de voorwielen in onze hand liepen we naar binnen.

'Een tafeltje of aan de bar, *mister biker*?' schreeuwde een meisje in mijn oor.

'Bar,' riep ik.

De laatste set was in volle gang. Het was druk. De serveerster wees ons twee krukken aan de zijkant van het kleine podium, vlak bij de toiletdeur, en gaf ons de drankkaart.

Ik bestelde twee bier, *large*.

Terwijl ik een slok nam, dronk Phil zijn glas in één keer leeg. Er liep bier van zijn mond naar zijn kin. Hij zette het glas neer, veegde zijn sik af en likte aan de kraal.

Op het podium speelde het trio van pianist Harold Mabern. Ik had hem voor het eerst gezien in B14 in Rotterdam, eind jaren zeventig, in het kwartet van altist Frank Strozier. Ik herinnerde me zijn enorme handen. Kolenschoppen. Ik zag weer hoe ze bezig waren, ze graaiden naar de toetsen.

Phil liet de barman nog twee glazen bier brengen.

Ik keek naar het voorwiel dat hij tussen zijn knieën geklemd hield. Het was wonderbaarlijk hoe secuur de verschillende motieven van wol waren aangebracht. Op vier plekken in het wiel ontdekte ik nu pas eenzelfde motief, een soort ouderwets wapen, verschoten door de zon. Het deed denken aan de wapens op middeleeuwse vlaggen.

Ik tikte Phil aan en wees naar de tekens.

'Ja, mooi hè? Heeft mijn moeder een keer verzonnen. Ik weet niet wat het betekent. Het is iets van vroeger.'

De drummer begon aan een solo. We moesten onze stemmen verheffen om elkaar te verstaan.

'Je moeder is een kunstenaar.'

'Dank je. Ja, met wol kan ze alles. Ze gooit geen bolletje weg. Heel zuinig. Ze is geboren op het platteland, tussen de schapen en de koeien.'

'Hoelang doet ze over het bespannen van een wiel?'

'Eh, een week, denk ik. Hooguit. Goeie drummer trouwens, hoe heet hij?'

'Joe Farnsworth.'

Farnsworth sloeg met zijn brushes een ingewikkeld patroon op zijn snaredrum. Vanuit de zaal werd hij aangemoedigd nog harder en feller te spelen.

'*Yeah man, right!*' riep Phil. De drank had hem losser gemaakt.

Ik stelde me voor hoe hij straks weer bij zijn moeder thuis zou komen, haar zou toedekken en langzaam over haar dunne haardos zou aaien.

'Het lijkt me toch heel moeilijk, iedere dag weer voor je moeder zorgen. Zou je er af en toe niet uit willen breken?'

Ik had een gevoelige snaar geraakt. Phil draaide zich naar me om en sprak op hardere toon. 'Als iemand zijn hele leven voor jou zorgt, moet je in haar laatste jaren iets voor haar betekenen. Maar verder wil ik er niet over praten. Ze is er niet bij, het voelt als verraad. Snap je dat?'

Zonder iets terug te zeggen nam ik een flinke slok bier. Ik had niet over zijn moeder moeten beginnen. Phil keek weer naar het podium, waar de contrabassist en de piano weer samen met de drummer speelden. Ik zag Phils ogen onrustig heen en weer schieten. Als toegift speelde de band een jazzy versie van 'Sir Duke' van Stevie Wonder. De zaal klapte mee met de beat. Phil niet.

Na het applaus kwamen de bassist en de drummer van het podium af en liepen naar de bar. Pianist Harold Mabern kletste vanaf zijn pianokruk met een Japanse fan die hem tijdens het hele concert had gefotografeerd. Hij zette een handtekening voor hem op zijn recentste cd. Op de site van Smoke had ik gelezen dat Mabern hier de huispianist was. Hij moest al een eind in de zeventig zijn. Mabern had nog met Miles Davis, Wes Montgomery en Lionel Hampton gespeeld.

Mabern dronk een glas water leeg en kwam naar de bar toe gelopen. Hij zag ons zitten. Met opgetrokken wenkbrauwen wees hij naar het wollen wiel tussen Phils knieën.

'Speel je moderne harp of zo?'

Phil lachte verlegen. 'Nee, we zijn op de fiets en hebben voor de zekerheid onze voorwielen mee naar binnen genomen. Dieven houden niet van halve fietsen.'

Mabern pakte het wiel tussen Phils knieën vandaan.

'*Are you nuts?*' vroeg hij, terwijl hij zijn grote vingers zachtjes over de wol liet glijden.

Ik nam het voor Phil op. 'Dat is puur handwerk, van zijn moeder.'

Mabern wees naar mijn wiel.

'En dat van jou dan?'

Ik draaide het wiel rond terwijl ik de as beethield. 'Mavic Cosmic Carbone. Draait geweldig, toch?'

Met een serieuze blik volgde Mabern de bewegingen van het wiel.

'En waar is de rest?' vroeg hij.

'Buiten aan een lantaarnpaal,' zei ik.

'Zijn frame is vernoemd naar Monk,' zei Phil.

Mabern knikte bewonderend. '*My friend Thelonious, high priest of bop. Nuff said.*'

De Japanner tikte op de schouder van Mabern. 'Nog één foto, sir?'

De barman legde de kassabon voor me neer. Of we wilden betalen. Zo ging dat hier. Er kwam nog een set, voor nieuw publiek. Ik keek op de klok. 'Hoe laat wilde je ook alweer thuis zijn, Phil?'

'Rond twaalven.'

'Shit, het is al half een geweest. Dan moeten we echt opschieten.'

Ik gooide een biljet van twintig dollar op de bar, de ober mocht het wisselgeld houden.

Met onze wielen boven het hoofd liepen we door de drukte naar buiten. De portier maakte wat ruimte voor ons en deed buiten op straat weer zijn Sun Ra-dansje.

'Jullie fietsen staan er nog, hoor. Ze zijn net terug van Mars.' Zijn bulderlach klonk boven het verkeer uit.

Ik gaf hem een biljet van vijf dollar.

Phil maakte het slot los van de paal. We staken de voorwielen in het frame, Thelonious en Loulou waren weer compleet.

'Waar is je hotel?' vroeg hij.

'In SoHo.'

'Ik moet naar het oosten. Je kunt een stuk mee. Op de hoek van Jefferson Park ga je naar beneden, 1st Avenue af. Er ligt daar een mooi fietspad.'

Hij haalde het lampje uit zijn zak en maakte dat met klittenband aan zijn arm vast. We groetten de portier en reden Broadway op.

'Blijf jij maar rechts van me rijden, dat is veiliger. Mij zien ze beter,' zei Phil.

We reden terug naar 110th Street en sloegen daar rechts af. Bij een paar bankjes haalden jongens toeren uit met hun skateboards.

Na vier blokken kreeg 110th Street een naam: Tito Puente's Boulevard. Dat bekte lekker. Tito Puente was The King of the Timbales, een beroemd slagwerker die opgroeide in Spanish Harlem.

'Hou jij van latin, Phil?'

'Nee, ik hou meer van freejazz uit de jaren zestig en zeventig. En ik verzamel alles van Ravi Shankar.'

Die kende ik. Platen vol sitargejengel uit India.

Phil reed flink door. De dunne spatborden rammelden ondanks de demping van de wol. Hij schakelde een paar tandjes zwaarder en ging behoorlijk hard.

'Blijft je moeder 's avonds altijd wakker tot je thuiskomt?' vroeg ik.

Phil zei niets terug.

Een keer links, en weer rechts.

Voor ons kwam Jefferson Park in zicht. De bomen deden me denken aan donkere wolken op stammen.

Phil remde abrupt. Ik schoot een paar meter door en kwam naast hem tot stilstand.

'Dit is 1st Avenue. Hier moet je rechts.'

'*Thanks, man.*'

Phil sloeg me onhandig op de schouder. Ik deed hetzelfde.

'Hier, neem mijn lampje maar, ik heb thuis nog een reserve. Scheelt je een hoop gedoe met de politie.'

Hij trok het klittenband los. Het rode licht scheen op zijn gezicht. Met dat lichte haar en de rode ogen leek hij een albino met een lange baard. '*Have a nice stay,*' riep hij.

Terwijl ik hem nakeek, deed ik zijn lamp om mijn arm. De weg naar het hotel was simpel: kilometers rechtuit naar beneden. Phil keek niet meer om. Ik zag hem rijden in het schijnsel van het straatlicht. Hij was al vijftig meter bij me vandaan.

Een man, op een wollen fiets.

Ik draalde wat, met beide benen op de grond. In wat voor huis zouden Phil en zijn moeder wonen? Ik knipte het fietslampje uit en begon hem te volgen. Hij kon me onmogelijk herkennen in het donker. Ik reed op zeker honderd meter afstand. Met mijn linkerhand schakelde ik, zodat mijn ketting op een kleiner blad viel. Soepel en geruisloos reed ik over het asfalt.

Phil sloeg rechts af. Hij was uit zicht. Ik ging op mijn pedalen staan om snel bij de bocht te zijn en hem niet uit het oog te verliezen.

Geen Phil te zien. Verdomme. Ik was hem kwijt. Er kwam — voor zover ik kon zien — voorlopig geen zijstraat. Ik minderde vaart en keek links en rechts naar de huizen. Mooie statige panden met monumentale entrees.

Rechts klapte een deur dicht. Zou Phil daar naar binnen zijn gegaan? Ik reed naar het pand en zag hem nog net in de hal staan. Hij reed zijn fiets de lift in en draaide zich om. Ik dook weg achter een auto. Had hij me gezien?

De hal zag er verzorgd uit. Veel marmer en dikke pilaren die met goudverf waren beschilderd. Achter een bureau zat een nachtportier onder het licht van een ouderwetse harmonicalamp de krant te lezen.

Ik deed een paar stappen naar achteren en keek omhoog. Op de derde verdieping ging het licht aan. Het gordijn hing in een driehoekige punt voor het raam. Wol. Zag ik daar hetzelfde familiewapen als in de wielen van Phil? Na een paar minuten ging het licht weer uit. Ik wachtte nog even.

Ik zag geen Phil, geen moeder.

Met de fiets in de hand liep ik naar het voorportaal. De glazen schuifdeuren gingen automatisch open. Ik twijfelde even of ik als vreemde met mijn fiets naar binnen mocht, maar de nachtportier wenkte me al.

'*Hello, sir, can I help you?*'

Ik had nog niet bedacht wat ik zou zeggen. Impulsief trok ik het klittenband los van mijn bovenarm en gaf het lampje aan de portier.

'Ik heb dit van Phil geleend. Kunt u het morgen aan hem teruggeven?'

'Ja, natuurlijk, sir. Hij is net binnen. Zal ik hem voor u bellen?'

'Nee, laat u maar. Anders belt u misschien zijn moeder wakker.'

'Zijn moeder?'

'Ja, zijn moeder. Zij wonen hier toch samen?'

'Het spijt me om het u te moeten vertellen, sir. Maar Phils moeder is al jaren dood.'

Ik dacht na. De portier praatte verder.

'Ze woonde hier dertig jaar. Met haar man. Hij was een zakenman, verkocht weefmachines over de hele wereld. Na zijn dood kwam ze niet meer buiten. Phil moest alles doen. Op een avond liep ze voor mijn bureau langs, keurig gekleed, wollen hoedje op. Twee dagen later werd ze gevonden in de East River.'

Er viel een korte stilte.

'Waar kent u Phil van, als ik vragen mag?'

Ik vertelde over onze ontmoeting in de platenzaak.

'Was u vanavond met Phil op stap?'

Ik knikte.

'Dan heeft hij de avond van zijn leven gehad. Phil zit altijd thuis.'

Ik legde het lampje op het bureau van de portier.

'Doe hem de groeten.'

'Van wie, sir?'

'Van Thelonious.'

'The-lo-ni-ous,' zei de portier, terwijl hij de naam traag op het omslag van een puzzelboekje schreef. *'All right, see you.'*

Ik knikte vriendelijk en liep met mijn fiets naar buiten. Op de stoep keek ik nogmaals omhoog naar het appartement. Het licht was nog steeds uit. Vaag zag ik de contouren van het gordijn; het deed me denken aan de sik van Phil.

Met een paar harde trappen maakte ik vaart op de *bike lane* van 1st Avenue. Vanwege de vaart kregen mijn ogen de reclamekreten van de winkels niet meer scherp. Ik boog voorover om zo min mogelijk weerstand te hebben. De platenhoes van Sun Ra prikte in mijn vel.

Op naar SoHo.

Op Prince Street glipte de melancholieke melodie van 'Monk's Mood' mijn hoofd binnen: losse noten, zoekend naar hun plek op de notenbalk. Ik trapte hard om een stoplicht te halen. De zwarte lijnen van de notenbalk wapperden van hun plaats. De noten lieten los en vlogen weg over de avenue, tevergeefs op zoek naar houvast.

Ook verkrijgbaar van Wilfried de Jong:

De man en zijn fiets

Voor *De man en zijn fiets* maakte Wilfried de Jong een selectie uit zijn mooiste stukken voor *NRC* en *De Muur*. Daarnaast schreef hij nieuwe wielerverhalen. Over kasseien, Jan Janssen, aanrijdingen en mist op de Mont Ventoux.

'Wilfried de Jong voert je in een fauteuil door het wonderland van het cyclisme. Je schiet vaak in de lach – wat hij schrijft is wáár.' TIM KRABBÉ

Aal

Aal is het literaire debuut van Wilfried de Jong. Een bundel vol absurde, ontroerende vertellingen. In het titelverhaal geeft een jongen een zoen aan elk dier dat hij in zijn leven tegenkomt. Een onschuldige begroeting, tot hij per ongeluk een aal inslikt die, na een koortsachtige scène, zijn lichaam weer zal verlaten.

'Geschreven met een raffinement en een vakmanschap die bijna doen vergeten dat het om een debuut gaat.' JURY VAN DE DEBUTANTENPRIJS